桃子手記1

桃子罐頭

櫻 桃子◎著

銀花◎譯

目錄

桃子罐頭

神奇的香港腳治療

說到香港腳，可算是某些歐吉桑的隱疾。它，真的是一種很恐怖的病症。只要不小心感染上，在那油答答的腳上，便會散發出強烈的惡息，而且患者的鞋子、襪子都會被家人認為是骯髒的東西。

如此嚇人的疾病，我竟然在十六歲那一年的夏天不幸罹患了。到底是在哪裡傳染到的呢？它的途徑完全覆蓋了一層神秘的面紗。剛開始長出小小的水泡時，我還很從容地說：「咦？怎麼被毒蟲咬到了呢？」

但是，就在我不知不覺中，香港腳的細菌已經隱居在我的皮膚下層，吸收養份而成長茁壯。

數天後，我經歷了一生中未曾有過的癢，每天盯著自己的腳，心裏愈來愈不安。不管是塗藥水還是擦軟膏一點兒效果都沒有，不僅如此，癢的範圍更是向外蔓延擴大，仔細看時更發現皮膚聚集了許多小水泡。我在全身顫抖的同時突然閃過一個念頭：「難道是香港腳嗎？……」這個恐怖的預感，瞬間讓我的心情跌入谷底。

一般的父母要是看到自己的子女彎著背，全神貫注地花一、兩個小時盯著自己的腳看，通常都會很關心吧!?我們家的媽媽也不例外，她好像很關心地過來看我在搞什麼。她只看了我的腳一眼，就毫不遲疑地斷言說：「沒錯啦！那是香港腳。」我用希望那是錯的無助眼神，抬起頭望著母親，可是母親再次強調：「香港腳是非常難治的。啊～真傷腦筋！怎麼辦？」什麼怎麼辦，我能怎麼辦呢？只有無助地哭囉！

我得了香港腳一事，大約一分鐘就傳遍全家。有著『臭腳大仙』

外號的老爸，更是一副嘲笑的表情對著我說：「喔！得香港腳的女人真是糟糕了。」他對於有一位比他的臭腳更令人討厭的人物登場，可說是興奮異常。

姊姊也突然變成一副像極了納粹司令官的嘴臉，在數秒內立刻公佈廁所裏的拖鞋我不准穿、我不准在家裡打赤腳等等規定。

從那天起我開始著手研究『香港腳』。我的研究熱情絕不輸給野口英治（註），每一天我花上百分之七十以上的時間在香港腳上面，如此一來，我自己都搞不清楚這到底是我的煩惱還是我生存的意義了。總而言之，我生活的目的就是『香港腳』了。

我研究的主要內容是『治療』，而市面上所賣的香港腳治療藥物就不用說了，我真的是用盡了各式的手段。好不容易打工賺到的零用錢，竟然一一變成了新推出的香港腳軟膏了。有一天，媽媽跑來向我說：「二丁目（註）的某某人用加了漂白水的熱水泡腳，聽說，聽說相當有效。」二話不說，我馬上要媽媽準備一桶加了漂白水的熱水來試試看。我的腦海裡邊浮現出『連細菌都變白了』的漂白水宣傳廣告，邊想像著香港腳的細菌被消滅的樣子，心中一陣喜悅。但是，一點兒效果也沒有。

接下來是用浮石去磨擦患部，磨到有點皮下出血時，再將市面上出售的數種香港腳名牌軟膏混在一起塗抹。在疼痛中，我幻想著香港腳細菌被殺死時的悲慘哀嚎，但這一切都只是我微小的幻想罷了。最後，我的『名牌軟膏計畫』也宣告失敗。

就在那段時間裏，學校的體育課正好教舞蹈，所以全部的人都必須要打赤腳上課。

但是，我因為擔心自己有香港腳的事被同學發現，所以就用繃帶把腳包起來。大家都問我：「怎麼啦？」我只能很曖昧的回答：「嗯，有點小意外。」之後就不再多說了。一開始，大家好像都按照我的計畫認為我可能是受了點小傷，但是沒想到舞蹈課竟然要持續三個月。這段期間他們看我一直包著繃帶，便偷偷的在背地裡傳言說：「我的腳傷是治不好了。」

雖然我的身心俱疲，但是我仍然很有信心地認為：「香港腳的細菌不過是一種黴菌罷了，只是植物嘛，所以禁不起高熱的。」因此，我把平常用不太上的一百瓦燈泡拿來貼近患部，與高熱展開了一場皮膚極限的抗戰。在被軟膏摩擦過泛紅的皮膚上，再用燈泡去燒烤它的樣子，就宛如冒著熊熊烈火的灼熱地獄。我也好像聽到皮膚下的細菌，變成了囚犯在吶喊著。家裡的人，看著我用燈泡去燒自己腳的自虐行為，都一副很鄙視的樣子。對於這種高熱治療法，哪一天如果上癮的話，可能就不好了。但我仍不畏懼地連日持續我粗暴的治療法。

在自己反反覆覆的奇妙苦行下，很悲慘的我甚至自我嘲笑說：「在這樣下去，我看哪天都可以上山修練當仙人了。」媽媽看到我一副很可憐的樣子，就開始對我說：「事實上，我以前也得過香港腳。」一聽到這消息我馬上就逼問她：「妳為什麼不早說呢!?趕快告訴我怎麼治好的。」媽媽回答：「我也不知道，它就自己好了。」結果，她的答案讓我很洩氣。

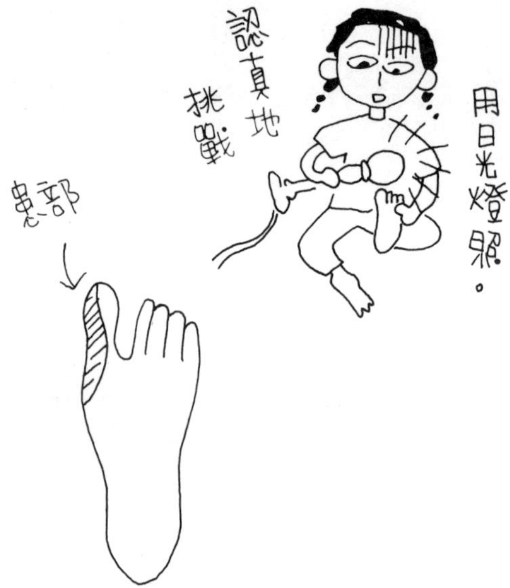

不過話說回來，媽媽十分駭人聽聞的『得過香港腳宣言』，立刻成為家裡談論的話題。

媽媽年輕時，曾經歷過不會危害生命但令人厭惡的三大名病：盲腸炎、痔瘡和頑固的爛瘡；如果再加上香港腳的話，就成了堅固不動的鐵四角了。我們也都舉雙手贊成，除了這四項隱疾之外，其他沒有比這些更恐怖的東西了。

經過無數的努力全落了空，一轉眼一年半也過去了。朋友們大家都去海邊戲水、交男朋友，揮霍著美好的青春。但是，我卻什麼都沒有。有香港腳的女人，不管是去海邊或是交男朋友都是很奢侈的。

到底要怎麼辦才能把香港腳治好呢？看來我是沒辦法嫁人了，將來找工作要身體檢查時，萬一被發現有香港腳，可能不會被錄用。我的人生會因為香港腳而全泡湯。想到這裡就有一股想騎上摩托車，大叫一聲騎到海裡的衝動。然後我偷竊、被強暴、吸膠……全是香港腳你害我的。我的心已經完全墮落了。

就在我過著悲觀的每一天時，電視上正好推出心靈治療的特別節目。一位不知是巴西還是哪裡來的男人，看起來一副野蠻樣，但只要他的手輕輕地放在你的額頭上，不論你有什麼樣的疑難雜症就會痊癒。「如果他住在附近該多好……」我一邊懊惱著沒有這樣的男人當鄰居的不幸，一邊關掉電視。

有一天晚上，姊姊彎著背很專注的盯著腳看。咦？這不是我經常擺的那個姿勢嗎？

「怎麼啦？」我輕問她。姊姊一臉蒼白的對我說：「我被傳染到香港腳了。」我大笑活該，這就是妳當初對我的香港腳冷語相待，還訂下規定的報應。我勸姊加入『香研』（香港腳研究），並告訴她：「今後的人生，我們可以一起當個香港腳的研究員了。」但是，姊姊卻邊用那看似世界末日的表情，邊眼眶含著淚水咬牙切齒狠狠地說：「都是妳，這世界上的壞事都是妳害的……」

姊姊得了香港腳的事，我馬上去向媽媽報告。媽媽怨歎自己怎麼會有一對『受到詛咒的姊妹花』的女兒呢？她只丟下了一句：「我啊，真是可憐！」就不發一言的從廚房消失了。

第二天開始，姊姊就往返於醫院間接受治療。聽姊姊說，治療要打一種很痛的針和接受紅外線的照射。注射和紅外線都不是可以自我治療的手段，所以好像很有效的樣子。如果，姊姊的香港腳真的治好的話，我該怎麼辨？我花了一年半還完成不了的目標，這位菜鳥香港腳患者，竟然不費絲毫努力就成功了，那不就表示我過去的行為，都是很愚蠢的。我在心中暗自祈禱姊姊的香港腳不要醫好，又一頭鑽入自己的世界裡。托福！托福！姊姊一點好的跡象都沒有。在我鬆了口氣的同時，也真正感受到現代醫學對香港腳仍束手無策是有多麼恐怖了。

就在我真的很認真地考慮是否要把患部切除，再把屁股的肉移植過去時，得到了一個作夢都沒想到的情報。這是在兒童讀物上，偶然發現的『茶葉』治療法。用茶葉治療香港腳的念頭，真是完全超過我所理解的範圍，但是，對於不放棄任何希望的我，當然毫不遲疑地立刻採取行動。

首先，用浮石清洗患部，洗到皮膚變薄而有點皮下出血，這是我自己發明的治療法，因為如此一來，茶葉的精華會更直接對香港腳的細菌起作用。接下來用熱水將茶葉泡開，再將泡開的茶葉丟到絲襪裡面，然後穿上襪子覆蓋患部就可以睡大覺了。

這樣的治療法，對我們以茶葉聞名的清水市而言，只不過是迷信罷了，所以我也沒有抱太大的期待，反正睡個覺一夜就過去了。但是，這樣的方式我才持續了一個星期，香港腳的隱疾就完全痊癒。我不知道有多麼欣喜，終於我的人生再度擁有追求普通幸福的權利了。看到我痊癒而一陣慌亂的姊姊，立刻將我個人的作法和成果向醫師報告。醫師聽了後一笑置之的說：「哪有可能，不管這裡的茶葉多出名，但我可沒聽說過這種事。」

但是，親眼目睹茶葉威力的姊姊，很快地就成為一個賣弄密教威力的信徒了。她也是每天晚上包著茶葉睡覺，被單上到處染著斑斑駁駁的茶葉汁，似乎在訴說著治療香港腳的悲哀。

數日後，姊姊的香港腳也痊癒了。真是神奇！不只是我，連姊姊都痊癒的話，這可不是巧合了吧！醫生和香港腳軟膏，都因為這個令人意料之外的神奇療效，大大地慘敗而被葬送在黑暗中。

話說回來，這種茶葉治療法，最早實踐的人到底是誰呢？而他到底是在什麼情況下，發現香港腳可以用茶葉來治療的呢？無論如何，我很想送一袋銀子給那位不知名的古人。

註釋

野口英治：致力於研究細菌的學者。死於非洲黃熱病的研究中。

二丁目：地址或地區的名稱。

通往極樂之道

最近身體真的是不行。不知怎麼了，到處酸痛，不管是頭、頸、背、腰、腳筋等處無不酸痛，再加上莫名的倦怠感，自己真是無藥可救了。

我的症狀大體而言，和頭痛、偏食以及宿醉的人，似乎沒什麼兩樣。但是，最有可能的還是偏食和不規律的生活習慣吧！在這種情況下，我毫不猶豫地決定前往住家附近的『健康園地』調養一下。這裡，正如它的招牌所寫的，是一個有許多對身體有益的設備之園地。

泡熱水、沖冷水、在按摩浴缸中消除肩頭的酸痛後，再爬到泡有藥水的熱水中。就這麼反反覆覆的兩個多小時過去了。昏昏沈沈的腦袋瓜還來不及思考『這樣真的對身體有益』的問題時，馬上就輪到我上陣被馬殺雞了。

走進按摩室，一位上了年紀的老女人正拿著一條毛巾等著我。她臉上的數道皺紋很適宜地表現出『按摩師』的身份，而且技術似乎很不錯的樣子。

看著她的臉，我想像著再過幾秒鐘之後，即將來臨的舒暢快樂泉源，此刻正充滿在我內心的期待。

一點也看不出愚蠢的我和心中在想些什麽的按摩師，她很專注地準備著。「好了，請上來！」她指示我趴在床上，並將毛巾毯蓋在我身上。

「哪裡覺得累啊？」聽到我回答：「嗯，頸子、肩膀、背部、腰還有腿。」之後，她立刻回我：「那是全身囉！」早知道一開始就應該跟她說全身的。這位按摩師對我的懊惱一點反應也沒有，便開始順著我的頸部按摩下來。

她對於重點很能夠掌握，雖然看起來似乎沒用什麼力，但我已經痛的不得了。痛就應該說痛，也許痛可能是比較有效的錯覺，讓我咬緊牙忍耐下來。

愈是咬著牙不吭聲，愈能感覺到疼痛。尤其，當她對著我疼痛的部位按下去時，我幾乎要窒息了。我是為了要尋找舒暢快樂而來的，為什麼要遭受這樣的苦難呢？我趴著的臉因痛苦而扭曲，真希望她也能看看我這張臉，但頸子被她按住，所以也無可奈何。

「這邊會痛嗎？」她邊按我肩上的筋穴邊向我說。我心想剛剛那段痛苦，現在申訴的機會來了。「會！好痛！好痛！」我才一說完，她就邊說：「我就知道、我就知道！」隨後又邊加重力量。她是很興奮自己找到正確穴點，而愈發的起勁了。

無意識中，我決定改稱她為「探穴師」，就像探測金礦的稱為探金師，探查油田的則稱為探油師。她像隻鼻子嗅覺相當靈敏的豬一樣，一一地挖掘出我的痛處且毫不留情地使勁按下去。

四十分鐘的按摩正要達到高潮時，按穴師的芳蹤突然不見了。就在我心中發出疑問的瞬間，探穴師機敏地飛跳到我身體趴著的床上，說著一句：「我要踩上去了！」就踩上我的背，開始很有節奏地踩踏起來。

有這麼手腳輕快的老女人嗎？我泡澡的兩個小時中，完全沒有發揮思考力的腦袋，此刻回復了思考。

這簡直是天狗（註）的行為嘛！是天狗化身成探穴師的老女人，在健康園地內賺錢討生活吧！

天狗順著我的腳筋踩踩踏踏，接著原本以為她還站在我的床上，沒想她已經偷偷摸到我的背後，忽然捉起我的手狠狠地往後一扯。好痛！……

結束之後，「啪！啪！」在我的肩上大力地拍上兩下。「好了，謝謝妳！」接著，她用眼尾瞄了我一眼說：「妳肌肉繃的很緊，我看這陣子要多來幾趟比較好。」

多來幾趟，我又不是在學插花或上茶道課，才二十四歲的我如果經常往來健身中心的話，在出嫁之前我到底能在那裡學到什麼？

不過話說回來，常到健身中心對我而言是很愉快的事，而且也很能夠放鬆心情，所以我以每週兩次的時間往返健身中心與家裡之間。

和朋友提起這檔事時，大家也齊聲說：「不錯啊！我也一起去吧！」但，從來沒有任何人和我一起去過。

唯一的一次是，有位朋友正好睡覺時扭到脖子，她說想去試試看，所以我們一起去了。

那位朋友，從頸部到背部整個疼痛不堪，走起路來像隻鵝似的。一問之下，才知道她連穿襪子時都邊哭邊東倒西歪地穿，真搞不懂她是怎麼睡覺的，竟然可以睡到落枕而扭到這種程度。

那位朋友，下了必死的決心脫下衣服，走進三溫暖。泡過三溫暖之後，她丟下一句比泡三溫暖之前更痛的話；之後走出三溫暖，

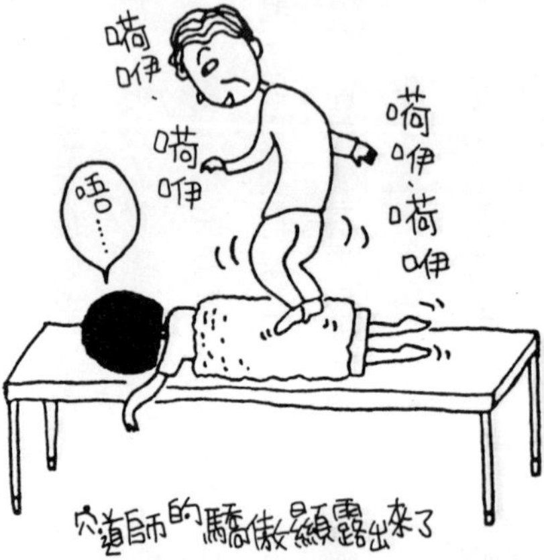
嗬咿、
嗬咿
嗬咿、嗬咿
唔……
穴道師的驕傲顯露出來了

決定去按摩。

她指名要可以整體按摩的按摩師（原本這裡的規定是不能指名的），並向其說明了從頸部到背部疼痛的原委。

按摩師邊推拿她的背部邊問她：「妳平常喜歡吃章魚和魚對不對？」她才一回答：「是的。」按摩師就很有自信地斷定說：「我就知道，妳的背啊……硬的像『章魚』。」

被批評說她的背像章魚的朋友，又不斷地被按摩師指責說她愛吃肉、喜歡甜食等等，最後按摩師更附加上一句：「妳的腰也不好，我看是很常玩吧？」我那位朋友一聽到她竟然被指桑罵槐的說她喜歡男人的意思，趕緊否認。

根據按摩師的說法，我那位朋友背部痛根本不是睡落枕頭所造成，而是因為偏食造成血液循環不良所引起。不管怎樣，還好只是閃到背而不是閃到腰，所以最好的治療方法就是斷食。

按摩師說嚴禁甜食和肉類，而我這位朋友呢，我知道她昨天晚上才吃了五塊蛋糕，而且要來健康園地之前，才先去燒肉店飽食了一頓。我想如果把這件事告訴按摩師的話，她可能要昏倒了。

按摩師說總而言之，把身體裡面的壞血排出來就對了，而拔罐是最好的方式。她介紹我朋友到鄰鎮的一家針灸館治療。所謂拔罐是用圓型玻璃瓶吸到身上將身上的壞血放掉的神秘中國醫學。

第二天，我這位朋友立刻前往針灸館。因為好像很好玩的樣子，所以我也一起跟去了。針灸館位於商店街的一棟大廈的二樓，一打開門，窄窄的病房內擺著幾張床，床鋪上則零零散散的躺著幾位老人。

「我……背部很痛，想麻煩您拔罐……」朋友才剛說完，我立刻接口說：「我啊……是沒什麼地方不舒服，但聽說拔罐對身體很好，所以想麻煩您……。」

聽完我的話，醫師笑著說：「這樣的話，你們兩位就照一般人的程序來作吧！」首先，他推薦我們做電氣療法。

電氣療法是將電流通過肩及腰，刺激這兩個部位的筋肉。但是，因為出生至今從沒有過在身上通電的經驗，所以感覺非常奇妙，而且也感覺肩和腰的血液像是啤酒在流動。看看旁邊的床，一位老太太像毛毛蟲一樣的扭曲著身體躺在那裡，看來，那張床好像加有滾輪。

數分鐘後，我也躺到有滾輪的床上，我邊扮演著毛毛蟲的姿勢邊確認了它的舒服感。這種床應該不是老太太可以承受的吧！

在享受過滾輪床的極樂經驗後，等著我登場的是『吊頸床』。剛剛我是有目睹幾位老先生、老太太在吊頸子，但我却沒有想到也會輪到自己吊頸……。

「如果很痛苦的話，請用手敲。」一位護士小姐邊拿著繩子綁在我包著毛巾的脖子上邊說明。接著，床吱～的一聲慢慢地往上傾斜，當然我的身邊也慢慢地一點一點的往下滑。啊！好痛苦……但是，或許就是要痛苦才會有效——我心中又有了這樣的想法。

床傾斜到三十度左右時便停止傾斜，然後我就這樣被吊著脖子一段時間。

而我那位背痛的朋友呢，則從遠處的床上傳來陣陣的慘叫聲；同時從吊頸台上，也可以聽到細微的尖叫聲。

吊完脖子之後，終於輪到要幫我拔罐了。原本我心裡以為要把壞血放出來，是必須要將大量黑血抽出的，所以嚇得一直發抖，但是，聽過說明之後才鬆了一口大氣。「拔罐並不是抽血，只是將壞血吸到吸盤上而已。」看來好像一點都不會痛的樣子。

躺在床上露出背之後，護士出現了，她將玻璃瓶一個個的吸在我背上。我很興奮地想著，我背上的這些玻璃瓶子們，應該會很快地將我身上的壞血吸上去。

「好了，差不多可以了。」護士小姐將我身上的玻璃瓶一一拿了下來。

「妳留下的痕跡好明顯呢！這就是妳身體狀況很差的證據。」聽護士小姐這麼說，我一看到鏡子時驚叫一聲。

怎麼有這麼噁心的背啊！直徑約五公分的圓型暗紅色痕跡，斑斑點點差不多有十五個以上。不要！……上帝救救我！……護士小姐對著我一張快死的臉說：「差不多一個星期就消了，請放心！」

總之，我一個星期不能去健康園地了。

而我那位朋友才一拔罐，背部的疼痛就消失，一副神清氣爽的表情躺到吊頸床上。但是……才僅僅傾斜到二十度時就說很痛，馬上又換到刺激穴道床，她變臉之快只能用一個國家的興亡盛衰來形容了。

要回家時，針灸館幫我貼了些膏藥，另外我還買了幾張帶回家當土產。這種膏藥，貼起來有打從筋肉裡滲透出來的涼爽感，很舒服，很能讓貼膏藥的人感受到作膏藥的人的用心。

而我呢？糊塗地把保險卡忘在針灸館中，看來我又得去一趟。

註釋

天狗：一種想像的妖怪，具人形有兩翼，臉紅鼻高。

五味雜陳健康食品

所謂健康食品，理所當然的就是吃了之後會健康的食品。但是，真的能對身體好嗎？在醫學上似乎是沒什麼根據，不管說得如何天花亂墜的，它的可靠性令人懷疑，正是健康食品的特色。

我就曾經陷入販賣健康食品的窘境中，這件事發生在我短期大學（註）一年級的夏天……。

好奇心旺盛的一家人，一聽到我在健康食品的賣場打工，每個人的眼睛都亮了起來。他們立刻命令我用員工價買『米醋』。我是不知道他們從哪裡得到的情報說「喝米醋」對身體很好，但媽媽和姊姊兩個人都信誓旦旦地表示，總之每天都要喝。我從媽媽手中接過二千五百日圓後，出門打工去。我打工的健康食品賣場，位於靜岡車站大樓的地下食品街的一角，我的同班同學也有人在這裡的別家店打工。

首先，前輩的歐巴桑開始對我說明各項產品的功用。從她的說明中，我得知幾乎全部的商品都對「貧血、過度疲勞、食欲不振」有效，只有蜂蜜和鼈之類的對精力增進有效。

歐巴桑在說明告一段落後，拿出了數種蜂蜜，要我品嚐看看。像要把我的喉嚨燒掉似的甜膩膩的蜂蜜，數種混合一起地在我的胃中流動著。就在我的胸口正在發熱的時候，歐巴桑一副漫不經心地問我：「哪一種最好吃啊？」

哪一種都一樣，但不管怎樣我還是指著蜂蜜說：「這種！」結果看著我指的那種蜂蜜，歐巴桑說：「這是最差的一種，妳的口味還真是差！」我的嘴巴竟然將最差的東西，吃成「最好吃」的，心中更燃起了「下一次試吃時，一定要說正確」，好讓這位歐巴桑刮目相看一下。所以一定要The test trading of the honey，加油！我無聊地燃起鬥志。

接下來，歐巴桑又要我嚐試看看皇室果凍等等。在其他商店打工的同學們，正在愉快地試吃著蛋糕啦、煎餅之類的，為什麼我卻要睜著一雙白眼，大口大口地喝黑醋呢？而且還被黑醋嗆到，一直咳嗽咳個不停。剛剛喝的蜂蜜還在我胸口燃燒著呢！這些東西真的會對身體有益嗎？

第二天開始，店就交給我一個人了。那位善心的指導人歐巴桑已經不在了。這家店很少客人上門，所以店員一個就夠了。早上八點半開門，到了中午連一個客人也沒有。別家店的客人進進出出的，聽說前面的那家壽司店一上午就賣了十萬日圓呢！

真的很悲哀，只好咬著牙自己掏腰包買了盒『喉糖』。這就是我今天的總營業額二百四十日圓。整整一天，收銀機上就這麼二百四十日圓的數字散發著青光。

打烊的時間到了。我們這家店只放著一個三公尺左右的玻璃櫃，所以比任何一家店都還要快就能夠收拾好。這點應該也算是唯一的好處吧！

鎖好收銀機、蓋上白布後，我偷偷摸摸地從收銀機旁的出入口走到外面。

我嘴巴含著『喉糖』，拖著沈重的腳步走上回家的路。

有一天，在隔壁蛋糕店工作的一位太太，跑來找我商量說：「

結婚五年了，還懷不了孕。」我呢，面對一位好不容易才上門的客人，也不管效果如何，就先將價格不貲的皇室果凍推薦給她了。沒想到，不久她竟然懷孕了，也把蛋糕店的臨時工作給辭掉。

我對皇室果凍的威力大吃一驚，趕緊拿起兩粒放在店裡的試用品，毫不猶疑地吞下了它。這種從蜜蜂的屁股提煉出來的精華，凝縮著生命的泉源……，一想到它的成效，我不知不覺地湧現出蠻力，即使是很重的大紙箱也毫不吃力地移動，盡情地消耗著自己過剩的精力。

有一天，突然我父母在玻璃櫃前出現了。看來，他們是對我的工作很好奇，所以才過來看看。看到他們的瞬間，我作生意的火焰便燃燒了起來，打算引他們兩位上勾。

我簡直就像女巫唸咒似的催唸著玄米（註）的神奇效用。而擔心受到詛咒的媽媽，在爸爸的一聲「笨蛋，買什麼買！」的叫罵聲下，仍毅然絕然地掏出她的荷包買了。漂亮的成功出擊之後，我再接再勵地推薦他們皇室果凍，但是因為爸爸的全力反擊，害得我的推銷戰略失敗。

清淡的生意一直持續著，我閒得有點無可奈何。就在我只顧著盤算休息時間來到時，前面來了一位男客人站在那裡。「哎，有客人！」我邊笑咪咪地說：「歡迎光臨！」但是那個男人大氣不吭地拿起幾片試吃的胚芽餅乾，便一下子就溜掉了。

就在我呆在那裡時，隔壁那位賣鰻魚餡餅的歐巴桑皺著眉對我說：「今天上午是試吃魔出現的日子，不小心一點不行的喔！」

據她所說，試吃魔只是某些專門到處試吃食品的特定人物，這個商場一共會出現三位，而且，還分為上午的人、中午的人以及下午的人，看來他們連地盤都劃分得頗清楚的。我決定要徹底地觀察試

吃魔的動態。剛剛，從我們這裡拿走試吃品的是年約五十歲體型較小的男人，又再繼續前往餅乾賣場，毫不客氣地捉了一把堆的像小山的棉花糖邊走邊吃。我記得那棉花糖是在賣的，應該不是試吃食品。大膽無敵的上午試吃魔就這麼被我緊緊盯上了。

接著，他走向廣場的涼椅，並躺了下來開始睡覺。我們食品街頭號的『休憩廣場』瞬間黯然失色，而且他躺著的涼椅周邊的人群也消失了。

到了正午，我興奮地期待著即將要出現的二號人物，這時隔壁的蛋糕店中有位大口大口吃著蛋糕的女人，她就是中午的試吃魔了。那女人穿了件花上衣外加一件粉紅色的寬大褲子，一副超沒品味的六十年代打扮，手上還拿了個髒兮兮的手提袋。吃完蛋糕店的試吃品之後，她看了我一眼並竊竊一笑地丟下一句：「健康食品對我沒用的啦！」之後就走了。

連那女人都覺得沒有用的店，到底是為了誰而存在的呢？……我像洩了氣的汽球一樣，突然覺得好餓。就在我腦海中湧現出很羨慕那位可以到各個店去試吃的女人時，中午休息時間也到了。

午休時間是一小時，我就在倉庫旁的一個約有四塊半塌塌米大小的房間吃便當。說是便當，也只不過是我在附近買的飯糰或麵包，所以吃飯只要十分鐘，其他的五十分鐘就睡個午覺。

四塊半塌塌米大的房間要容納約十個人左右，是很辛苦的。因此，我也像繭蛹一樣捲成一團一動也不動地睡著覺。

傍晚約六點左右，第三號人物終於出現了。年齡不詳的男子，首先到糖果店拿了些茶糖，接著再到水果店拿了些鳳梨。從外表看不出來，但他好像是對女孩子吃的東西比較有興趣。那名男人主要以外側的店為目標，所以便慢慢地走遠了。就這麼走了啊!?……我還覺得有點落寞呢！但，前面提過的那位鰻魚餡餅店的歐巴桑卻說：「那個傢伙再過三分鐘左右又會折回來。」

果真照歐巴桑所說，他又回來了。然後在一一檢查完每個自動販賣機或公用電話的退錢口之後，他用如同魔術師般的巧妙手法，兩三下就摸走了紀文的魚板，笑嘻嘻地走了。

結果我拿出來擺著的試吃品，只有上午的那位試吃魔吃過而已。如果早知道會這樣的話，也給其他那兩位試吃就好了。我邊懊惱著邊把那些餅乾給處理掉。

就這樣，賣著銷售不出去的健康食品也過了一年。我提出再一個星期就要辭職的辭呈。

就在這時候，終於輪到我們這家店的『特販展示週』了。輪到這活動的店家，可以得到一星期在這商店街的最佳地點以最誇張的宣傳銷售方法來作生意的特權，而且銷售額更可以達到平常的五倍。所以，不論是生意多慘澹的店家，在這時候也要卯足全勁地好好表現。

我們的店也不例外。總之，為了要促銷目前正在銷售的『蜂蜜果醬』，便用果醬造了一座貴的很離譜的金字塔。另外，一個『蜜蜂嘉年華』的招牌，和一張也不知道是誰畫的一幅很像是『蜜蜂的死不會有損失』的圖樣高高掛在那裡。

還有，在正當中的桌上，一個一公尺四方的木箱中放了五十隻嗡嗡叫的蜜蜂，它們是被捉來供客人參觀的。仔細看箱底，還有一些早死的蜜蜂已經躺在那裡，看起來真有一點點噁心。

健康食品店的經營者，對這次的特販也下了些賭注。他除了要銷售員的我和一位歐巴桑穿上印有「蜂蜜」字樣的法被（註）外，也教了我們些蜜蜂的生態。看來，他是擔心我們萬一被客人問起蜜蜂生態問題而答不出時會太窘。

準備完成！即使是客人問起蜜蜂的生態也沒問題了。放馬過來吧！

特販終於開始了。但是，老樣子。壽司店賣的很好，紀文也很隆盛。我們搞得這麼誇張，卻還是沒有客人上門，耳邊響起的只有嗡嗡的蜜蜂叫聲。

偶爾來個人好奇地看看蜜蜂，我也很熱心地向他說明有關生態的事。聽的人呢，一副好像聽了些『世界上最沒有價值的情報』似的表情走開了。

這種清淡的日子持續著，而特販也接近尾聲了。真的很慘！木箱中的蜜蜂少了一半，且有兩、三隻蜜蜂在換水時逃了出來，它們就在商店街中嗡嗡地飛著。

我和歐巴桑累得連話都懶得說了。臉色這麼難看的兩個人，說是在賣健康食品任誰也很難相信，我們和經營者都好似蜜蜂武士般的向這個特販會挑戰，但全都戰死了。

第二天開始我辭去工作，打工的學生生活也劃下了休止符。老闆要我一個禮拜後去拿薪水，所以我依他指定的日期前往。

結果，在原來地方的健康食品店不見了。怎麼變成了賣糖醃小魚小蝦的店了呢？我一個星期前才在這裡工作呢！……

真的，我已經搞不清楚什麼是事實了，那個特販原來是『告別特販』啊！那我的薪水呢？……錯過良機的字眼，全在我的腦海中不斷地浮現。

過了一段時間後，一封現金袋寄到我家，裡面放著五萬多日圓。我為了要算這些錢，在那個特販中到底賣了幾個果醬呢？而花了三十分鐘找計算機。

註釋

短期大學：日本大學有四年制的正規大學及二年制的短期大學兩種。

玄米：糙米。

法被：日式的工作服，寬大的袖子，類似半截式的睡袍。

黎明前的呢喃

在過去的人生中，如果將「買了却沒有用！」的東西，全部都退回的話，總價到底會有多少呢？

我嘛，至少會有兩百萬日圓。不，如果再加上一些無益的學費或為了一時的興致而花費的費用，可能還要再加上五十萬日圓。

會造成自己無益的購物，最主要的原因是我的個性很容易受騙所導致的。

十七歲那年，在深夜的收音機節目中，我聽到了「在半夜十二點整時，拿面新鏡子和梳子到廁所，就可以看到將來結婚對象的長相」的情報，瞬間我雀躍了起來。心中雖想著這鬼扯的哪有可能嘛！卻又說服自己：「搞不好難說喔！說不定真的看得到。」如果我看到的就是那位心儀好久的人，怎麼辦……？一昧的期待，使得我脫離了自己原有的常識領域。

第二天，我馬上去買了鏡子和梳子，等待半夜十二點的來臨，因為擔心家裡的時鐘可能會慢上幾分鐘，所以特別在十一點五十分就躲進廁所裡面了。

不久，時鐘敲起十二點的聲音。因為自己的疏忽，所以沒有搞清楚我的對象會在哪裡出現。我驚慌失措，總之先看看鏡子好了，結果，鏡子裡面只有一張自己的臉。咦？或許是……趕快將馬桶的蓋子打開看看裡頭。但是，我心儀已久的對象怎麼可能從馬桶裡對我說「嗨」呢!?在電燈照射下的我，看到的只是爸爸用盡吃奶的力量擠出來的糞便。嗯……說不定是我家的時鐘快了幾分鐘吧!?我在廁所裡面又待到十二點十分，在這二十分鐘裡，我一直看著鏡子，窺視著馬桶的動靜。經過一番努力，我邊自言自語邊傻笑地安慰自己：「這種事本來就不可能的嘛！」然後努力地想把剛剛做過的愚蠢行為給忘掉。但，拿在手上變成廢物的全新鏡子和梳子，散發著寂寞的冷光，似乎在對我剛剛的行為下註解，並譏笑我的愚蠢。不過話說回來，這次的行動只花了梳子和鏡子的費用約五佰日圓就打發了。大約半年後，我又犯下大錯買了無益的東西，那就是『睡眠學習機』。所謂睡眠學習機呢，就是一種「可以邊睡覺邊背單字」的神奇商品，它緊緊地捉住了超級大懶蟲的我的弱點。

在宣傳文案上，它這麼寫著：「人在睡眠時，有淺睡和熟睡兩種狀態。淺睡時呢，身體看起來是在休息，但腦子卻還是清醒的。這種睡眠學習機，是接續在枕頭和錄音機上，將時間設定在天快亮時；在我們呈現淺睡狀態的同時，機器就會開始念單字。如此一來，在睡眠狀態下不費吹灰之力就可以將這些單字背起來了。」

什麼淺睡啦、身體在休息其實頭腦還在思考之類的，這都是些有科學根據的事實。再聽到具體的說明後，更是可以百分之一百的相信了，我的心情已經完全投入這項產品的效果了。就像賣洗衣粉的廣告一樣，以酵素的威力來分解油膩的污垢後，還會散發出清香的味道，外加還有漂白作用。說得這麼好聽，而且連廣告中出現的演員又是那麼值得信賴——「他都這麼說了，那我就相信你，買了哦！～～」

二話不說，我把購買睡眠學習機的郵購單寄了出去。媽媽則一副要哭的樣子對著我說：「如果邊打瞌睡還可以邊背下東西的話，那妳每天在課堂上打瞌睡，不就都考滿分了嗎？我拜託妳不要作夢了，買那些廢物。」說的也是，我常常在上課時打瞌睡，可是從來沒有記得老師說過的話。我的心中對睡眠學習機產生一絲絲的疑惑，但是我再重新思考，認為在課堂上打瞌睡是熟睡不是淺睡嘛！所以很快又否定了媽媽的意見。

堂妹也提出很具體的看法：「我啊，經常在三更半夜聽收音機，而且還常忘了關就睡覺了呢！但是，從來不記得節目的內容是什麼。所以啊，不可能可以在睡眠中學習的啦！」但是話說回來，比起媽媽及堂妹的反面意見之下，我更相信由大阪府的A君所寫的『睡眠學習機體驗感想』，他說：「我一邊睡覺一邊和我的競爭對手拉開距離！得到全學年第三名。」

否定的意見在親朋好友中四處竄開時，睡眠學習機也寄到了。定價三萬八仟日圓整，算是高價位的東西，但我以分十期付款的方式支付，每個月是三千八百日圓整。

我以興奮期待的心情打開箱子，裡面是一個有兩個選鈕的硬枕頭。「嗯……這些選鈕的確和一般的枕頭不一樣，而且，裡面還有擴音器……。」我邊替自己解釋邊確認每個部分。

站在一旁看的爸爸說：「這枕頭會說話啊！好玩耶！現在就來玩玩看！」為了測試，爸爸將一句不怎麼入流的話——「大便臭臭」就灌錄進去。

對著錄音機，爸爸說：「大便臭臭！」再把枕頭上的選鈕設定好。高度的期待和外加緊張中，枕頭中傳出爸爸的聲音在呢喃著：

「大便臭臭。」

我和爸爸像機關砲似的狂笑，似乎感覺到處女聲被「大便臭臭」的字語奪取的枕頭，好像有點在顫抖。

我打算當晚開始執行睡眠學習，所以要先看看說明。它竟然寫著：「首先，將想要背下來的單字，各寫在紙上練習一百次，然後，再將單字錄到錄音機上。」這什麼跟什麼啊，我愕然失色。我就是不要練習一百次，所以才買這個機器的啊。這樣的事如果讓媽媽和堂妹知道了的話，他們一定會罵我：「妳看吧！哪有可能不努力就可以背好單字這麼輕鬆的事啊！」為了要讓家人以為我是用枕頭的力量達到背書的效果，便背地裡偷偷地將單字各練寫一百次。為什麼我竟然要為枕頭做這麼本末倒置的事呢？對我而言學習到底算什麼呢？我心中所產生的混亂，在我練習單字的同時，像是小宇宙般的逐漸擴大。

托大家的福，單字的練習在心不在焉中結束了。雖說是寫了一百次，但就只是在寫，一點兒也沒有把它記到腦子裡面去。不過，我想總之就按照說明書上所寫的練習，接下來就滿心期待地要來試試枕頭的真正威力了。

我將單字的拼法一一錄到錄音機上，即使是現在我記不住，明天早上我會因為枕頭所發揮的功能，讓這些單字的拼音一一呈現在我的腦海。

「好，看我的了！」信心十足地睡覺去了。

清晨五點半，定時響起，從枕頭內傳出的難聽聲音，劃破寧靜

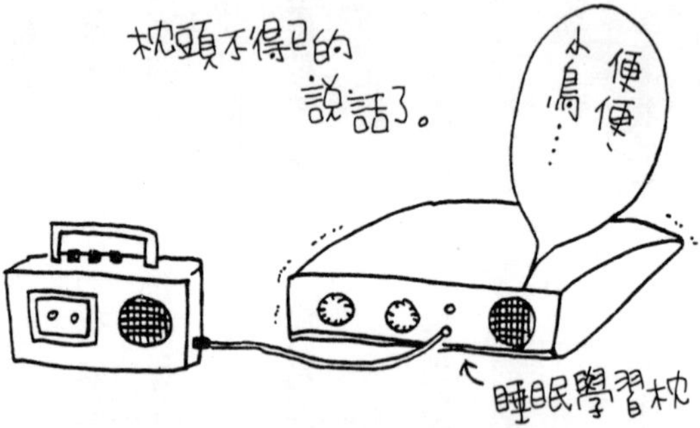

，將我吵醒。

是爸爸的聲音。我忘了將「大便臭臭」洗掉了。我在被窩中，呻吟了一聲，接下來傳出自己那散漫的聲音也不能使我集中，無奈地只好悶悶地陪著這枕頭的呢喃直到起床時間。

第二天，枕頭的事情成為家裡的問題。最憤怒的當然是和我睡同一個房間的姊姊。「一大早天都沒亮，聽到枕頭內傳出來的聲音，吵得根本睡不著覺嘛！」姊姊向我抱怨她的困擾。接著媽媽又說：「我也是聽到從門那頭傳來的聲音，吵得我睡都睡不著。」但是，這枕頭傳出來的聲音又不是那麼大，那只不過是你們不甘願自己反對的意見沒被接受罷了嘛！總而言之，第二天晚上開始，我被禁止使用睡眠學習機。而我呢，也不打算再使用這個這麼麻煩的機器了。花了三萬八千日圓，我得到的是已經熟記的「take care of（照顧）」這個片語和「大便臭臭」這笑話的再度復活。

於是，睡眠學習機就被關進黑暗的壁櫥中，我們家也恢復了黎明前的清靜了，只是，最棘手的問題是剩下的那九次的付款。要從貧乏的高中生零用錢中，每個月撥出三千八百日圓是很困難的。但是，這條路是我自找的，我想有一天我會碰到好事的，所以就心甘情願的每個月到郵局匯款。

但是，付到剩下最後一次時，我突然不想再付了。

我為什麼要付那麼多錢去買一個沒用的商品呢？我愈想愈覺得不甘心。而且，我都已經付了九次的錢了，他們應該會原諒我這一次吧!?

我決定不付，假裝不知道，等著他們搞不清楚時就算了。持續兩個月假裝不知道的樣子後，催繳通知單寄來了。上面寫著：「上個月的款項尚未付清，為什麼呢？」但我還是決定不管它。

過了四個月，又是一封催繳通知寄到。我連信都懶得打開，丟在那邊數個月。但過了很久之後，我把信打開了，裡面是一封『警告信』。它已經不像是催繳通知似的，以打字的方式書寫，而是以手寫後拷貝的方式寫著：「妳無視於我們再三的催促，仍然不支付尾款。購買本公司睡眠學習機的消費者，都是有上進心、好學習、認真的人，很少碰到像妳這麼邪惡的人。如果妳再無視本次的警告，不付清款項的話，我們只有採取法律行動了。在我們作出最後的決策之前，請將你的餘款付清。」哇！……連法律行動都搬出來了，嚇得我只有趕快到郵局去繳款了。

不過話說回來，我真的很懷疑，那些有上進心又很認真的人，真的會去買睡眠學習機嗎？

之後，我還是沒受夠教訓，持續不斷地將錢花在無益的東西上面。不管是對便秘有幫助的食品啦、會使頭髮烏黑柔亮的洗髮精啦、黃鶯的糞、絲瓜水、會使腦筋變好的書等等，事實上是花了許多錢在商品上，但沒有一樣是有效的。

尤其是在買黃鶯的糞時，奶奶說：「妳還特別去買這種東西啊！妳只要把我們家養的阿蘇兒（註）的糞塗到臉上不就得了嗎!?鳥的糞啊，每一種都是一樣的。」我想，的確不管是黃鶯的糞或是阿蘇兒的糞，效果都是一樣的，奶奶的意見是正確的。

真的差一點就把阿蘇兒的糞塗在臉上的我，還有許多苦難得受呢！接著，我又買了一套插電後有一磁頭會旋轉的臉部按摩器，除了按摩外，它還是可以像章魚在吸東西似的，將皮膚上的黑頭、粉刺之類的東西吸掉的機器。

一開始時覺得很有趣，所以經常使用，但沒多久就膩了。唉～反正我在買東西的時候呢，最好有三個孔武有力的大男人在旁邊很認真地將我強行壓住，否則很難阻止我。愈沒有用的東西似乎對我愈有吸引力，真是難搞。也就是因為身邊沒有三位孔武有力的男士，所以最近我又開始到美容中心了。可是都已經去了兩次，一點效果也沒有。我開始又有不太妙的預感，看來這筆錢似乎也要泡湯了。

事到如今，我開始對以前買的那顆枕頭有點期待了。我看有必要將關在娘家壁櫥內的那台睡眠學習機給挖出來，並麻煩爸爸錄一句：「不要隨便浪費。」然後設定好時間，讓枕頭在黎明時分的呢喃，深植於我的潛意識中。

註釋

阿蘇兒：一種鸚鵡類的小鳥。

童話老翁

爺爺在我高二那年過世了。

爺爺是一位頗惹人嫌的老頭，狡滑、壞心眼又懶惰，而且還會虐待媳婦。媽媽、姊姊和我都吃了他不少苦頭。

這樣一位令人厭的爺爺，突然在涼爽的五月天的某個星期六晚上，他的ヱ－DAY（註）來臨了。

那天半夜十二點左右，奶奶從廚房那頭大叫著：「趕快來啊！爺爺沒有在呼吸呢！」爸爸、媽媽和我嚇了一跳，趕快跑到爺爺的房間。原來如此，爺爺暫停呼吸，嘴巴張得大大的一動也不動。他那樣子實在太滑稽了，爸爸、媽媽和我雖然腳都軟了，但卻又不自覺地笑了起來。

很快地醫生趕到，他只看了祖父的屍體一眼就說：「無疾而終。」老衰而終在人們的觀念裡，是最有福氣的死法。半夜三點左右，親戚們相繼趕到。突然，我想起發生了這麼大的騷動，姊姊竟然還在自己的房間中熟睡著，我匆匆忙忙地趕快跑去叫她。

才一聽到我說「爺爺死了！」姊姊突然像蟋蟀一樣跳了起來。她嘴巴嚷著：「騙人！」眼睛卻閃礫著期待與興奮的光芒。我預測姊姊的興奮會愈來愈高漲，所以很慎重地警告她：「我先跟妳聲明哦，爺爺去世的表情非常有趣，嘴巴開得大大的，就像是『猩猩』在吶喊似的，但是，妳絕對不能笑，再怎麼說總是有人過世嘛，不管多好笑妳都不能笑，知道吧！」姊姊怕怕地打開爺爺房間的門，才偷偷瞄了爺爺的臉一眼，就一副連滾帶翻似地蹲到廚房的角落，嗤嗤的笑了起來。

我追在姊姊的後面過來：「噓——我不是跟妳說過了嗎!?不管多好笑都不能笑的啦！」姊姊被我這麼一說，更忍無可忍地大笑出來。

我把認爲爺爺過世簡直就像死了一隻不足惜的蟑螂似的姊姊丟在廚所，再回到爺爺的房間內探查——沒有任何人在哭。能夠讓每一個人都不會惋惜而離開的爺爺，真的不是件簡單的事。

不久，一位沒見過的老太太抵達。她也不知道是爺爺的堂姊還是堂妹之類的親戚，反正她就是邊說她和爺爺有血緣關係，就邊開始哭了起來。

看到那位在爺爺生前也沒有和我們家交往過的陌生女人在哭，突然讓我想起『哭墓』的事情。『哭墓』是東亞洲某個國家，在葬禮時為了使悲傷的氣氛更凝重而特別雇用一些女人來哭的風俗。

難不成，哭墓這種風俗文化也流傳到我們清水市了嗎？反正，暫且不管這名女人的眼淚，開始準備葬禮吧！

也不知道誰說了「不把爺爺的嘴巴閉上是不行的！」我原本還以為這樣很有趣，不會有什麼問題的，看來好像是不行的樣子。

因為有位男的親戚說：「我想用白布，從爺爺的頭上繞到下巴，有沒有布？」媽媽和奶奶拚命的到處找，但都找不到，三更半夜的又不能出去買；如果再不快點的話，屍體馬上就會僵硬掉，沒辦法，只好用布毛巾來代替了。

這條布毛巾是鎮上的『盆舞蹈會（註）』送的，白底小圓花外加上面印了個大紅的「祭（註）」字。

爺爺頭上綁著祭典用的小圓花巾，完全搞不清楚是喜還是悲，只是被乖乖地擺佈著。奶奶無力地嘟噥著：「爺爺啊，隨時都是祭典喔！」我對著姊姊說：「我好像可以聽到爺爺的嘴巴裡傳出來的祭典叫喊聲！」之後，姊姊又變成蟑螂了。

爺爺過世的前幾年開始就有痴呆的症狀。他的痴呆方式有點怪異，例如，假裝不知道的從我的儲錢筒裏把錢偸走、偸看別人洗澡、把自己喜歡的菜拿出來吃，卻又邊吃邊說「我沒吃」之類的舉動等等。

我斷定他絕對是故意裝痴呆的。他連『老人痴呆』的問題都巧妙地拿來利用，是多麽標準的『不良老翁』啊！

這麽一位老頭，留下來的東西只有一副髒兮兮的眼鏡和一副愈來愈髒的假牙。

第二天早上，葬儀社的人全來了。不管是棺材、花圈還是祭壇，都非常迅速地組合完成。葬儀社的威力眞恐怖！

黑白的幕帘裝飾出葬禮的氣氛，祭壇上紙罩的臘燈，飄散出陣陣的香味。

爺爺的體格對以前的人來說算是高大的，所以棺材的尺寸好像不太合。最後，只好將他的身體稍微彎曲後才放得進去，而被唸珠纏繞的手，則放在臉頰旁邊。

爺爺身體被彎成S型，雙手重疊放在臉頰旁的樣子，就好像一個在作夢的童話少女般，而他身體周圍被塞滿菊花的樣子，更具有童話風味。

終於要蓋棺了——我心中才想著，這下子真的要和童話老翁告別了，沒想到，原來棺材蓋上還有一個小窗子。只要一打開那個小窗子，童話老翁又會像惡夢般的出現了。

葬禮中，我暫時先負責接待的工作。說是接待，也只是在家裡的入口處，將客人送的奠儀簡單地送回禮給他們罷了。

每當有附近的鄰居前來致悼

時，我都很擔心自己會笑瞇瞇地說：「不會啦，沒什麼的！」

而每當有小朋友從門口走過，並聽到他們說：「啊！——這裡有人出殯，大家趕快把拇指藏起來。」這時我就打從心底覺得好丟臉。不久，和尚過來開始唸經。隨著和尚頌經時的聲調，我那小堂弟也跟著唸；聽到小堂弟的嘟囔，嬸嬸趕緊用手把堂弟的嘴巴嗚起來。但是，隨著和尚的頌經聲，我的腦海裡卻也圍繞著一些畫面——在守靈的晚上，我把棺蓋上的童話小窗打開來瞧瞧，一打開，陣陣乾冰的白煙飄散出來，在好像喜多郎的演奏會即將開場的氣氛中，爺爺的臉看起來有點矇矓。

第二天早上，葬儀社的華麗靈車軒昂登場。這種像是在非常有趣的創意商店裏也可以訂做的車子，令我很希望自己在活著的時候也可以坐坐看。

當棺木放進靈車時，爸爸低聲地說著：「爺爺啊，你也變得很偉大了喔，耶！耶！」（附帶說明：『耶！耶！』是無意義的吆喝聲。）這只是每當爸爸在說一些無意義的話時，想要引起別人注意而發出的獨特又無聊的怪癖聲。

靈車到達火葬場，開始進行火葬的儀式。前天晚飯時，還一副沒什麼的一起吃飯的爺爺，現在正在火化著，我想就連火葬場的煙囪也沒想到吧！我在休息室中大口大口地喝著果汁，突然想起爺爺曾經說過要活到一百歲；如果他真的活到了一百歲時，那我那時是幾歲呢？我一邊換算一邊打發時間。

火葬結束，我們一行人來到祠堂。在要將骨灰下葬時，和尚又開始頌經。這時候，吟頌悼念辭的內容頗令我震驚。

「友藏先生，您在昭和三十八年創立的老人會中開始擔任會長，你為世人、為人群們盡心盡力服務，老人會更因您付出的努力，才能繼續地舉辨各式活動至今……。」

從一開始到結束，悼念辭談得全都是老人會的事。什麼為世人、為人群盡心盡力服務的這種內容，是說悼念辭的人把他和爺爺的親密關係，拿到檯面上來陳述——真是有趣。

回到家裡，奶奶嘴巴唸著：「剛剛的悼念辭，眞是讓我覺得很感動。」

我呢，則很興奮地享用著葬禮準備的便當。從在祠堂裡聽和尙頌經的時候開始，我的腦海裡就一直惦記著便當的事。

這便當是從風評相當好的料理亭中，花下大筆銀子訂的，真的好好吃。我邊衷心感謝「爺爺第一次為世人、為他人所作的好事」，邊大口大口地品嚐那香噴噴的烤肉。

爺爺的戒名稱號為居士。我再次對死掉的人要無條件的成為佛門弟子的這種事覺得驚訝。如果爺爺真的成為佛門弟子的話，那他一定會因為到處招搖撞騙、喝酒而不用一天就被逐出佛門了。

不管怎麼說，他是『居士』。我對媽媽說：「取了個這麼正點的戒名，真好！」媽媽邊回答我：「他啊，如果在生前對我好一點的話，不管他是叫居士還是老紳士，都沒關係啦！」邊開始吃起葬禮用的小包子。

這時，我覺得靈牌好像有點歪了。

註釋

ヱ—DAY：指超重大事件發生的預測日。

祭：指節慶。

盆舞蹈會：指農曆七月十五日盂蘭盆會時，舉辦的日本民間舞蹈大會。

面對恐怖

恐怖，是有可能突然出現的。有時在一分鐘前還是風平浪靜的樣子，突然才轉了個彎，可能就會面對恐怖了。或許你在打開玄關的門瞬間，就有什麼恐怖的事在等著你。

我在唸短大時，有一天在前往學校的途中，看到一位男子坐在茶園裡。茶園的旁邊是竹林，平常就沒什麼人煙的地方，讓人覺得有點怕怕的，現在看到一名男子坐在那裡，我心中的警報器便立刻響起，如同關東大地震之後的警鈴。

但是，我裝得一副很鎮靜的樣子從那男人的身邊走過。一般這時候，女人都會過度緊張，但其實什麼事也不會發生。

正當我走到最靠近那名男子的位置時，那男人的嘴巴竟突然冒出一句不知說什麼的話。太突然了，我也搞不淸楚他在說什麼，但下一秒鐘我立刻斷定他說的是：「天氣不錯哦！」我心裡邊想著才四十多歲的男人，怎麼講起話來像個老頭子似的，邊小聲應付地回答了他一句：「嗯……啊！」結果那男人把身體更靠近我一點，再喃喃地說了一次：「和我一起去死！」

這次我聽得很清楚。那男人灰色的瞳孔充滿了殺氣，而我的全身也被死亡的氣氛籠罩著。

突然襲擊而來的恐怖，讓我的步伐變得踉蹌，接著雙腳就像荷蘭風車轉個不停的死命往前跑。因為嚇得腳軟的緣故，所以在上坡道的地方，好像還跌倒了兩、三次呢！

一到學校，我眼眶含著淚水衝到學生會，向那裡的女職員陳述剛發生的事。那些女士一聽完我的話，馬上說：「學校的附近竟然有這麼瘋狂的男人，太恐怖了！」於是趕快報警，立刻展開附近的搜尋，並請校內廣播部的人負責向全校的師生廣播，請大家多多注意。

我對事情竟然發展成這麼大的騷動覺得好震驚，而且再度感覺到那名男子狂言的恐怖威力。

事情經過了半年後，我一個人上東京並開始過著獨立的生活。雖然要離開家時，媽媽跟我說東京是個危險的地方，並要我多加注意，但是，在這種悶熱的夏夜裡，我還是打開了窗戶構思著漫畫的對白。這是個有六張塌塌米大小的一樓房間。

半夜兩點左右，從曬衣服的地方傳來奇怪的聲音，我邊想著應該是蟑螂或是貓的聲音吧！邊走近紗窗往曬衣場的方向看過去。

黑暗中一位穿著橘紅色T－shirt的男人低頭站在外面，我腦海中的思考力立刻集中。

這男人或許是水電工，他可能是半夜來檢查水電的，也或許是幽靈。不，可能是貧困的學生肚子餓了，那，我得給他些飯吃囉！但是，或許是強盜……前後才差不多兩秒鐘，從水電工、幽靈、貧困的學生到強盜，各種的可能性全浮現在我的腦海中。

那男人走近了──「？」我嚇呆了，只是緊張地凝視著那個男人。再仔細一看，他下半身什麼都沒有穿，原來他走近是要讓我看清楚。

是『暴露狂』！在我恍然大悟的同時，我的腦海裡也浮現『暴露狂＝變態的膽小鬼』一般常識，原來他是膽小鬼……啊！我再盯著他看三秒鐘。

但是，我恢復意識之後，隨著發出了兩聲「呀！」和「啊！」的奇妙聲音，那膽小鬼嚇了一跳便趕緊跑走了。

我立刻打一一〇，但是因為嚇得有點口齒不清，所以描述的內容有點像是新意識形態的廣告一樣：「剛剛，在曬衣場，有一根寶貝出現……」警察伯伯根本就懶得理我。

一直等到早上，我趕快打電話給媽媽。媽媽才聽完我說的話就嘆了口氣說：「真是不要臉！我就知道，我就知道會這樣，所以才不想讓自己的女兒到東京去的。」

掛掉電話後十分鐘，媽媽又打來了。「我告訴妳，剛剛我才想到個辨法。妳趕快去裝個和警察局相通的電鈴。」她以為我是誰啊，如果不是國家的重要人物哪有可能啊？這一天，媽媽不斷地打電話來。媽媽的防範措施，還真是有夠厲害的，什麽『在曬衣場挖個大坑洞』啦，『在曬衣場周圍種滿仙人掌』等等的。她發揮的天才想像力，持續不斷地困擾著我。

最後，我們達成『把男人的內褲曬在曬衣場，變態的人就不會靠近』的意見。她完全不顧我的反對，還是將爸爸的內褲寄來給我。想想長期在爸爸的屁股下忍受他的臭屁的內褲，在緊急時候又得讓其擔任守衛的角色，真的認為自己的生命似乎只有一百克重。

但話說回來，我對那暴露狂的下體留下了很深的印象。當我看到他雙手捧著那似乎很重的東西在那邊搖來搖去的瞬間，我覺得那好像是一顆大大的烤蕃薯呢！

即使我跟好朋友談到這件事，他們都不相信的說：「是妳看錯了吧？」早知道會這樣，那時候應該請他進來喝杯茶，我來幫他作個拓本才對。

除了國內，在海外也隱藏著恐怖。一九八八年的年底至一九八九年的新年——也就是昭和就快要結束的緊要關頭——我來到泰國的一個離島。

這裡有美麗的天空和海，島

民也都非常善良，真的就像天堂一樣，但交通可就像地獄了。

這裡的觀光客除了租車或坐巴士外，沒有別的交通工具了。可以租車的人還算好，只能靠巴士的人就好像進入地獄一般。雖然說是『巴士』，但實際上只是小型的貨車，乘客搭乘時必須要坐在載貨的台子上。

因為它並不限定搭乘的人數，所以多少人都可以搭載。如果載滿坐不上的話，乘客可以拉著車子最後面的鐵棒，站在車體的邊緣，只是一鬆手的話，就可能掉到地上摔死而已。

還有，那車速之快令人難以想像。有一回，我坐在貨車的最前面，正好看到車上的車速表——平均時速一百公里！最高時速則開到一百六十公里，真的是瘋狂駕駛。

車上的乘客完全不理睬速度或發生事故的可能性，只是相互地微笑著。車上早已形成了一股習以為常的調調，而將近一百六十公里的時速，乘客也都習以為常了。

在泰國的曼谷市內，有許多被通稱為『計程車』的自動三輪車，大家都把它們當作計程車來利用。

有一次，我從街上回飯店時也嘗試叫了三輪車。但，它的恐怖程度我想連外星人也會覺得震憾。

看起來很像玩具的自動三輪車，就如同新幹線一樣地飛奔著。我全身僵硬，心中盤算著終於我的末日也到了。而和我同乘的朋友，則早已臉色發青得像個死人似的。有時候，車速之快還使得車體有點飄浮起來。

沒有長翅膀，車子竟然還會漂浮起來。在物理、科學都不通用的慣性世界裡，這位開車大哥正生龍活虎地活著。

當我坐在三輪車上，我用過去從未有過的真誠心情，接受著命運的擺佈。也很後悔過去一直沒有好好孝順父母，如果我能活著回去的話，一定會用我這條再度撿回來的命，好好孝順父母。

當三輪車安全抵達飯店時，我已全身虛脫、顫抖、手腳無力。即使在泰國發生了那麼驚險的事情，半年後我還是前往紐約。其實我一點也不想去紐約，但是因為有某些複雜的原因不得不去。

與我同行的友人，英文相當流利，所以到了那邊生龍活虎的，但是我呢？不管是看音樂劇還是逛街購物，都完全提不起興致來，每天只是從漢堡和沙拉中，將吸收的養份化成贅肉。

有一天晚上，看完音樂劇之後，坐上一輛由很外向的黑人所開的計程車。沿途我那位朋友和那司機很愉快地聊著，而那位黑人也似乎很喜歡我那朋友，所以對我們說：「我帶你們到一個有趣的地方。」之後，立刻驅車往哈里姆區（紐約的黑人區）方向前去。

哈里姆區？那不是旅遊書上特別說，要大家盡量不要去的地方嗎？尤其是晚上絕對去不得的。而女性呢？最好連白天都不要去。

一聽到我們要去那種超級危險的地方，我真是嚇壞了。我趕緊對我的朋友說：「哈哩姆區是很恐怖的耶！你趕快跟他說『我正好想到我們還有事，不能去哈里姆區』啦！」但是，我那朋友也嚇了一臉灰白地回答我：「如果這麼說的話，他萬一說：『你們不相信我嗎!?』那不是更恐怖嗎！」

那天下著毛毛雨，街角蠻冷清的。司機把車子停下來，回頭丟了一句話：「我進去ＢＡＲ裡面看看，千萬不要下車，也不能把車門打開！」然後他就下車。

我和我那朋友，都要哭出來了，一面將整個身體潛到車子裡面，一面商量接下來要怎麼辨。或許那司機是個壞蛋，打算從店裡找來五、六個夥伴強暴我們，要我們在店裡工作或可能把我們給殺了。我又想起以前未曾盡過孝道的事，在泰國坐車時，雖然感到後悔了，但回國後仍然沒有實際行動，不過，我這次真的打從心底反省了。不碰到危機，就根本不會想到要孝順父母的我，真是沒出息。

不久，司機回來了。他對我們說：「ＢＡＲ的氣氛不太對，今天就別去了！」然後發動車子離去。我們兩個人遂大大地鬆了一口氣，而我又把孝順父母的念頭，給遠遠地抛到腦後了。

車子開了一段路後，他又停下來對我們說：「我現在要到那店裡去拿些古柯鹼，你們等我一下。」我和我那朋友又是大吃一驚。我的預感眞是一點也沒錯，紐約這個生了病的大都會，真的是好恐怖、好恐怖。

司機又回來了。之後，他邊開著車邊吸古柯鹼。他興奮地一邊「呀～～」，一邊尖叫著加快車速的同時，更回頭對我們說：「你們要不要也來點古柯鹼啊？」

我和友人趕緊擺出一副謝謝別客氣的樣子，更突然表現出很活潑的神情，向他說明我們是自然派的人，所以不需要嗑藥的宣言。我那朋友假裝呵呵地笑著，肩膀都畏縮起來，所以我沒辨法也只好配合著對著摩天大樓發出「呀～～」的軟弱叫聲。我想，在這世界上應該很少有人會為了要保命而作出這種行為吧？但是，現在回想起來，我們卻要為了一些蠢事而付出相當的代價。所以或許很多時候，是在『正好可以安全逃過某些差一點就回不來』的狀況，我想，是有必要更慎重地過日子才對。

才這麼反省的當下，我又在電車內碰到了件恐怖的事情。有位也不知道是喝醉了還是怎麼回事，看起來髒髒的男人，突然向車子裡的人找起麻煩來了。他一個人在車子裡叫著：「你們這些傢伙都有錢賺！」、「怎麼？小子你有什麼不滿嗎？」車內充滿著緊張的氣氛，卻沒有任何人答腔。

當電車靠站車門打開時，那男人正準備下車，而就在乘客們同時都鬆了一口氣的瞬間，他突然在門口的地方，纏住一位與他擦肩而過的男人。乘客們大家又是一副面臨大危機的臉色蒼白。

但是，被糾纏住的那位男士，相當有魄力的「哎呀！」一聲，把那位醉漢給踢出去；而就在醉漢摔倒到月台的時候，車門也在絕妙的時刻關了起來。在逐漸遠離的月台上，可以看到那醉漢的一副狼狽樣。這位男士真是英雄。

像類似這種的危機，能夠順利化解真的是很難得，而被糾纏住的人，又碰巧是位手臂很強壯的人，所以還好。但一般而言，是很難得會這麼順利的。

儘管碰到了這麼多恐怖的事情，仍然能夠平安無事的我，也不知道是好運還是壞運，只有上帝知道了。

變成猴子的那一天

腸胃較為虛弱是我的弱點之一。只要一吃太多或是吃的東西有點不對，就一發不可收拾。

對於這樣的我，應該要很習慣肚子痛才是。但，在我二十歲那年冬天所經歷的肚子痛，卻是一次慘痛的疼痛經驗。

那一天，疼痛突然來訪。就在我還在想著「咦？怎麼會這樣？」的剎那，我的疼痛變得更加具體，趕忙向爸、媽吐訴我的不快。

爸爸一副很不耐煩地對我說：「趕快去上廁所！趕快去！」媽媽則是：「去吃正露丸。」他們兩個人都一副漠不關心的樣子。我沒辦法只好回屋裡躺了，再繼續觀察我肚子的動態。咚！咚！好像我的心臟移位到肚子裏似的躍動著，疼痛是愈來愈嚴重。

那時候，因為我在短大才剛上過斯多葛學派（註）的課，所以便青筋浮漲、頭冒冷汗地想極力克制自己去忘掉痛苦。「這種肉體上的疼痛算什麼！真正的自我是可以超越肉體的。疼痛必須自己來克服，不能讓假的我打敗了！……啊！…好！…。」結果，斯多葛學派和真正的我在兩分鐘之內，就被我丟到一邊去了，我的身體全部被疼痛所征服。

連思考都在喊著「好痛、好痛」的我，在完全被疼痛征服一段時間後，突然發起革命。

在「好痛、好痛」的思考中，不知道為什麼水前寺淸子（註）「三六五步的進行曲」，在我的腦海中無意義地響起，而且還反反覆覆地一直循環著。

我的腦筋被革命軍水前寺所支配，但頸部以下仍然不變地由疼痛所支配著。似乎已經沒有了所謂這個『我』的容身之地了。

沒多久之後，在有規律的陣陣抽痛，和「幸福啊～～是不會自己來的，而是～要自己去尋找！～～」的歌聲的完美搭配下，歌曲漸漸和我的意念完全扯不上關係，而只是活生生的節奏旋律。

「哦！原來，幸福是不會自己上門來的。原來，原來是要自己去尋找的啊！」我不時地去思考歌詞的意義，這也是我唯一而且好不容易能夠去確認自己存在的方法。

疼痛開始後三十分鐘，我再也克制不了了，趕緊催促老爸送我上醫院。

我們到達一家有名的庸醫醫院。因爲，今天是星期天，且剛好輪到他們這家值班的醫院，所以也沒辦法了。

院長看我一副痛不欲生的樣子，在實際的簡單診察之後，便對著我說：「真怪，怎麼會痛成這樣呢？嗯，我想把這藥吃下去，應該就會好了吧！」

原本我還在期待血液檢查啦，尿液檢查或是X光檢查等等現代醫學的檢驗，結果我的期待卻是一顆藥把它給解決了。

回到家裡，媽媽聽了我的報告後，笑著說：「哎～那很好啊，吃了藥就好了不是很好嗎！我一開始就知道沒什麼。」

吃完了藥還是沒有好轉的跡象，整個晚上我就這麼「好痛、好痛」地邊哭邊等待黎明。

第二天早上，我們又到另一家醫院。醫生肯定地對我說是盲腸炎。他立刻幫我打了一針消炎針，很快地肚子恢復了平靜。

但是，我的心裡卻湧現過度的擔憂：「盲腸如果不用手術來處理，難道這樣的處置就可以了嗎？……」正因為自己的『多疑』，所以感覺肚子好像又開始痛了起來。

因此，我抱著好像在痛的肚子，直奔市立綜合醫院。那裡有許多我所期待的一流現代醫學設備和儀器。

我向醫生說了事情的原委後，又再加了一句很曖昧的話：「我現在覺得好像有點痛，但或許是錯覺。」結果醫生說：「好像在痛可能有什麽也說不定，所以我想需要作些精密的檢查。」然後，他指定了檢查的日期。

我沒想到事情會變得這麽複雜，心裡有點震驚。何必搞得這麽嚇人呢？精密檢查？不必了吧！我原本只是期待能照張X光、抽個血檢查、檢查罷了，怎麼變得這麼大費周章呢？接受精密檢查的前一天，必須把腸子通通排得乾乾淨淨，而且只能吃醫院給的特別食物。這種食物吃起來糊糊的，而且份量又很少，但是，這是我自己選擇的路，所以怨不得任何人，只好落寞地吃完飯。

爸爸和姊姊一副很熱心地想聽聽我吃完鋁箔包食物的感想，看來，他們也想嚐一口看看。他們這兩個傢伙，不知道去吃咖哩還是什麼反正很好吃的東西了，竟然連我的鋁箔食物也想動歪腦筋。一想到他們倆我就火大，所以我故意說：「這鋁箔包食物相當不錯哦！」媽媽一聽卻丟了一句：「那種東西哪可能好吃啊？」爸爸和姊姊一聽到，馬上就清醒了。「說的也是！」從此，鋁箔包食物在我們家永遠失去了存在的價值。

第二天，精密檢查的日子終於來臨了。那一天早上，什麼也不能吃，而且，為了要把腸子裡的東西全部清乾淨，還得喝下不少瀉藥。

不只這樣，還要再加上瀉腸和塞的藥來協助掃除腸內的污物。昨天的鋁箔包食物，在今天也化為世界上最沒有用的東西了……。我的身體，只不過是使食物變成廢物的管道罷了。

一抵達醫院，我馬上被帶到檢查室。護士小姐將一些衣服交給我後，只丟下一句請把衣服換下來的話，就將更衣室的拉簾給拉上了。

那些衣服是很簡單的上衣和褲子，一穿上就變成『鄉下孩童』似的。只有一點最令我在意的是，在褲子的屁股處開了個小洞。

走進檢查室的我，被要求趴在床上。在我聽到醫生的一聲令下：「現在我要把釦（註）灌下去。」這時，一根管子從我屁股上的洞插了進去。原來，褲子上的洞是為了方便而設計的啊！

我心裡才想著：「哇！～這是幹嘛、幹嘛啊！」釦就這麼灌了進去，在咻～碰、咻～碰的聲音中，我感覺到腸子逐漸膨脹了起來。

我瞄了一下自己的屁股，從褲子的洞口上插了一條像是尾巴的長管子，我的屁股一用力，那根管子就搖晃起來，我已經搞不清楚這到底是在作夢還是真實的場景。

以前，也不記得是在《女性自身》（註）還是《七》（註）的週刊雜誌上，曾經看過「中國大陸人猿出現，照片大公開！」的文章，而現在我就是那其中的一人了。

這模樣實在是太難堪了，就在我差一點要哭出來時，突然床開始傾斜。吱～吱兩聲，我的頭變成在下面，慢慢的血液衝到頭上來了。我屁股都有尾巴了，還要再讓我受這種罪……。

接下來，我的遭遇則是床整個往上斜傾、頭又向上、身體整個被翻過來——接受各式各樣的折磨。

我也只不過是右腹覺得有點痛而已，又不是什麼大了的事。我用人猿退化的智慧後悔著，但是回應的，只是我肚子裡面的鎖所發出的聲音。

檢查的結果出來了。醫生對我說：「嗯～你肚子裡面好像有什麼東西哦？」昨天，我忍受了那麼難吃的鋁箔食物，現在竟然還要被醫生懷疑，真的好悲哀。

醫生一邊說：「看的不是很清楚。」一邊又說：「或許是盲腸炎，也或許是腸子長繭。」

如果是盲腸的話也就算了，什麼腸子長繭？長繭一般不是唱歌唱多了，長在喉嚨上的嗎？為什麼我會長在腸子上呢？難道是我的腸子在唱歌嗎？……我愈來愈覺得不安。

醫生用眼角瞄了一下我表露無遺的不安樣子後，對我說：「嗯，應該不是什麼大不了的事，請放心！我們再觀察一段時間後再檢查吧！請一個月之後再來一次。」

下星期開始，我就要到東京去過獨立的生活。

一個月後，我正對東京的生活全心投入，早已忘了要檢查這件事。經過了兩個月、三個月，也從來沒有再想到檢查這檔子的事。

直到經過了半年，我才突然想到要去醫院檢查這件事。一想到我的腸子裡可能長了繭……，我就有深切的感覺，有著想高歌詠嘆『繭啊！繭啊！～繭啊！繭～』的心境。

此時，我想要將這樣的創作意念直接表現在我的工作，也就是漫畫上。所以才畫了「盲腸的早上」這個作品。

我經常要為漫畫題材而煩惱，所以即使是要我賠上小命，得個什麼盲腸炎的也無妨……因為最近盲腸的評價相當高呢！

註釋

斯多葛學派：希臘哲學的派別之一。講述禁欲克己的平靜是唯一的幸福。

水前寺清子：老牌女歌手。

鎖：藥劑名。

《女性自身》：八卦的週刊雜誌。讀者主要為女性，內容是有關影藝、生活、美容常識等。

《七》：株式會社集英社的一本倍受歡迎的女性雜誌。

無意義的合宿

小學生的班級幹部，通常都是選會唸書且聲譽高的人，但是一到了高中，情況就不同了，一般會選有人緣、或愛出風頭的蠢蛋擔任。

高一那年的春天，我被選派為班會幹部，但一想到接下來的半年，都必須為班上的雜事跑腿，我就哭了起來。

一當上班會幹部，就必須參加『ＨＲ（班會）幹部親睦會』的合宿。為什麼我需要去和別班的ＨＲ幹部親睦呢？難道真的有什麼事需要去合宿嗎？……我心中帶著無數的疑問去面對合宿。

合宿由四點左右開始。首先，五、六個人一組開會，每一組的成員為高一到高三的學生平均分配，低年級的學生被要求要聽從高年級的指示。

不過，一年級的ＨＲ幹部和三年級的ＨＲ幹部感情和睦又有什麼意義呢？

沒有人知道我心中的疑惑，合宿的活動，也按照時間表一一進行著。

五點，組對組的籃球對抗大賽開始。我還是要再次強調，我真的不認為在這裡參加籃球大賽，會對我們班上有什麼幫助。

不過，我卻又心口不一致的全力追趕著籃球，而學長們也將青春暫時寄託在這顆球上。衝啊！年輕無敵的ＨＲ幹部們！燃燒吧！熱情的ＨＲ幹部們！萬歲！ＨＲ幹部！……是有點難為情，但在那一刻，我和其他全部的人，應該都感受到飛揚的青春了吧！

結束之後，學長邊拍了拍我滿身大汗的肩膀，邊對我說：「表現得很好！」而我呢？用著一張好像剛從鍋子裏撈起來的烏賊臉，笑眯眯地只對著他敬禮。

七點，晚飯時間。全員在學生餐廳集合，在體育課那位嚴肅老師的監視下開始進餐。體育老師以銳利的眼神對著我們說：「不準有剩！全部吃光！」我心裡一邊想著：「那還用說嗎！我全部會吃光的。」一邊開始吃飯。

今天的菜單是燉青菜和菜飯，全部都是我愛吃的，所以心中邊吶喊著「耶！」邊大口大口地專心吃起來。

我們學校的營養午餐相當豐富，光只是烏龍麵就準備了十多種口味。另外，像蛋包飯、排骨飯、蓋蛋飯等等，每一種料理的風評都很好。

而做營養午餐的歐巴桑們，又特別幫我們作了今天的菜飯，真是又好吃又高興。

當我吃到一半左右時，我竟然發現飯裡面有一隻小小、小小的米蟲。

啊！一般米裡面難免會有一、兩隻米蟲的嘛！我毫不考慮地把它捉起來丟掉。我再吃一口，又看到有米蟲在裡面。

唉～很奇怪喔？我仔細地瞧瞧大碗裡面，結果，好多米蟲！差不多一口就有一隻分散在飯裡。

「怎麼會這樣？……」，我趕緊悄悄地向旁邊的同年級HR幹部說：「這飯裡面混了好多米蟲耶，妳仔細看！妳看～」但是，她理都不理睬我說：「妳在說什麼啊？那不是米蟲是切細的香菇！」

我覺得切細的香菇不應該會有腳和觸角吧!?但是大家都不吭聲地吃著飯。所以，我也不想成為一個只有我認為飯裡面有蟲而引起騷動的神經質女人。為了自己無聊的自尊心，我便強迫自己去把米蟲當作切細的香菇，不顧一切地把它吃下去。

我希望自己早點把大量米蟲吃到肚子裡面的這個事實給忘掉。為了使自己能夠安心，我努力地幻想著，那是在作夢，其實本來就不是米蟲。最後，我甚至還安慰自己——米蟲對身體有益……。但是，噁心的感覺還是令我全身寒慄。

飯後，再度分組開始遊戲時間。大家在合宿的地點分散開來玩撲克牌，但是只有我們這一組是利用餐廳的地方。

想到剛使我有著憎惡回憶的餐廳，我深深地嘆了一口氣，反正我只是去玩牌嘛……，我邊安慰自己邊再走進餐廳。

遊戲其實蠻無聊的，散漫的時間慢慢地過去了。和剛認識的人一起玩牌，怎麼會好玩呢？

但是，兩個小時下來，緊張的感覺全鬆懈了，大家的臉上又恢復了笑容。發送的點心和乾果又都見底了。

就在這時候，三年級學長的一聲：「啊～鍋子裡面還有剩的菜飯！我們來作飯糰吃吧！」讓我的心臟噗通地跳了起來。

怎麼辦？……怎麼辦？……要跟他們說我不要嗎？……但是，這樣一來，好不容易才培養起來的HR幹部的親睦，不是又化為烏有了嗎？我緊張地任由時間去支配了。

「啊！不夠！」我聽到一聲天使的悲鳴。太好了！不夠的話，

做學妹的我當然要客氣一下了。
我從椅子上站起來，笑瞇瞇地說：「我不吃，學長請用。」結果學長說：「哎～呀，沒關係的，學妹們吃吧！」我慌忙地說：「不、不，怎麼可以，我肚子還不餓！」但是他回我：「不要客氣了啦！」搞到最後，氣氛變成好像有點妳不想吃三年級做的飯糰的味道。
真的是不可避免的災難，我

嘴巴裡面又塞滿『米蟲菜飯』了。

一個飯糰差不多五口就沒了，若一口有兩隻的話，我肚子裡面又追加了十隻米蟲了。如果晚餐的那一碗飯裡面算二十隻的話，總共是三十隻……，想得我頭昏了起來。我儘量不去咀嚼它，趕快混著水一起吞下去。

很快地就寢時間到了，在這之前是洗澡的時間，當時我因為不好意思和一群人脫光衣服洗澡而強烈抵抗，便逼不得已用假裝感冒來逃過一劫。但是，沒想到數年後，我竟然會變得非常熱愛公衆澡堂……。

我希望儘快從米蟲以及其他精神上的惡夢中解脫，趕快去睡覺，所以我一頭鑽進被窩裡。睡覺時，我真的是全身潛入被窩裡。

連頭都一起蓋在被窩裡，是我睡覺時的習慣，但是看到我這種睡相的學長們個個驚惶失措，一群人七嘴八舌：「妳這麼睡會窒息的喔！」、「這樣會流鼻血的！」一直妨礙我的睡眠。

沒辦法，我只好心不甘情不願地爬出被窩，而這時候，睡覺的地方已經變成『談天大會』的會場了。

有位學長說，在沼泥掩埋的地方，會出現螯蝦（螃蟹的一種）的幽靈。我是經常聽說有人的幽靈，但螯蝦的幽靈還是頭一遭聽到呢！所以，我也很好奇地想聽聽是怎麼一回事。學姊一副很恐怖的樣子說：「只要到沼澤的附近，就會被螯蝦的腳給夾住。」眞的是好無聊的故事。

另外，還有一位學姊說了些妙論，什麼用洗臉盆養金魚的話，一到了冬天金魚會全部凍僵成冰。如果不小心讓結成的冰掉到地上的話，金魚也會斷成兩半。這時候趕緊把冰塊靠在一起，再把金魚的身體接起來的話，春天一到，金魚又會無事地游起泳來。一聽完我馬上回答：「哪有可能啊！」結果她一副很認真地說：「真的！就是因為這樣，所以金魚的肚子附近才會有一點彎曲的樣子。」金魚內臟的結構，真的是那麼單純就形成的嗎？

『談天大會』一分一秒地過去，都半夜三點了，周圍還傳來吱喳喳的說話聲。我真的是很睏、很睏了，便只好拉起棉被蓋上睡覺。

第二天早上，六點四十分起床，這時我立刻非常後悔昨晚參加『談天大會』。一走進餐廳，昨天做了米蟲菜飯的歐巴桑們，正若無其事地準備早餐。全員集合吃早餐，接著整理自己的周邊，包括洗臉、刷牙、梳頭髮，都花了不少時間。

個人東西準備好的人，依順序從宿舍離開前往教室。好不容易才打成一片的學姊妹們，一走出合宿的地方，又成為陌生人了。這種感覺，就好像在賓館邂逅並在賓館分手的情侶一樣。

回到班上之後，我必須向同學發表這個親睦會的感想。籃球也打了、米蟲也吃了、話也說了，到底這個合宿有什麼意義呢？

我突然想起身體彎曲的金魚。

少女愚蠢的戀情

沒有任何事可以比得上作夢的少女了。她們總是發著呆，不論是在上課時、上下學途中或是在電車裡面，她們可以馬上發起呆來。

事實上，我在作夢的少女時代也曾非常轟動過。我天生就很會發呆，有一段時期我更是把作夢帶到日常生活中，所以如果要我拿發呆來做比喻的話，那好比是在水族館的水槽中游過來晃過去的金鎗魚。

在作夢少女時代的初期（十五～十六歲）時，我對許多演藝圈的人都很感興趣。從原辰德（註）、渡邊徹（註）到廣告明星的少年以及年輕的搞笑演員等等，不論各式各樣的類型，我全都喜歡。我甚至還寫情書給渡邊徹，內容非常稚拙又很難為情，從「這是我第一次寫這樣的情書」開始到「我每天心裡想的都是徹（嘻～）」等等，一個人自我陶醉地興奮異常。作夢少女最恐怖的地方是——一個人作著心中愛慕的藝人或明星，也許他有一天也會注意到自己的夢。

萬一渡邊徹真的回信給我；如果他要和我見面；萬一他要和我交往怎麼辦……？他是演藝圈的明星耶，或許我們會傳出緋聞，報章雜誌會報導著「獨家！演員渡邊徹和高中女生M子小姐正在交往中！」……我認真地邊擔憂邊期待著。

影迷情書寄出去後三個月，完全背叛了我的期待。一封很商業又很公式化的影迷俱樂部的介紹信寄來了。就在那時候，渡邊徹開始發胖，我對他的熱情也冷卻了。

放棄了對明星、藝人的幻想之後，我正式進入自我塑造心目中理想白馬王子的夢想，開始了作夢少女的第二時期。

在我發著呆的腦海裡，是一幕幕我和一位被我美化的心儀美少年在交往的情景。

他既高又帥腦筋又好，有著一張比藝人更出色的長相，不但溫柔誠實而且還是位富家子弟呢！是個現實中不可能存在，且萬一真的存在也不會和我交往的那種人。這樣的男孩，只存在於我的幻想中。

我的幻想模式原則上是一層不變的。通常喜歡美化的我，連自己家世也和現實中不一樣，我把自己設定成一個家世很好的女孩，打扮得美美的站在黃昏的窗邊等待著他。不久，他開了一輛也不知道是什麼名牌跑車還是法拉利之類的——總而言之是輛虛幻的超高級名車，來迎接我。

接下來我們去兜風。因為我們坐在那輛虛幻的超高級名車中，所以，我似乎可以聽到路人們發出的讚嘆聲音：「哇～好正點的車啊！」、「開車的男生好帥，旁邊那個女孩子也好可愛，雖然很嫉妒他們，但是他們兩個實在太相配了。」對於這樣的讚嘆，自己總是幻想著，雖然很空虛，但是對作夢的少女而言，空虛可是毫無感覺的。

兜風一定會到海邊，所以去的是橫濱或是神戶附近的港口，反正即使搞錯了，也不會到我們家附近的清水港就是了。在港口，我們看看海、欣賞夜景，度過了浪漫的時光。

要是幻想到了這裡時，我就會想睡覺，不管是在上課或是晚上睡覺之前都一樣。不過，如果不想睡覺的話，我還是可以繼續幻想接下來的情節。

邊欣賞著港都的夜景邊品嚐著美食，接著再來一段三貼的慢舞。啊~~啊，我邊寫都邊覺得自己真是好愚蠢，因為我跳三貼舞的地方竟然會是在一座城堡的舞會中。

舞會結束後，他又用那輛超高級名車送我回家。在兩個人依依不捨要分手時，他會給我一個「道別吻」，只要一幻想到這裡，我又會發出一聲「呀~」的奇怪叫聲，趕緊拿被子把頭蓋起來，或是用課本把羞紅的臉藏起來，並且一個人獨自害羞傻笑著。

除了這個幻想模式之外，還有『和他一起在湖上划船』篇，這也是典型的作夢少女情節的開展，所以也沒什麼好提的了。

總而言之，我的幻想就到『接吻』為止，再接下來的進展就沒了。我可以和朋友們很自然地聊一些超級黃的黃色話題，但主角若是自己的話，就很難去想像會有什麼火辣的事可以發生在自己身上了。

那時候的我，開始在『夢想戀情日記本』上寫一些東西。說是日記，倒不如說是詩較貼切。我想，這些東西有的會給欣賞者帶來很丟臉的震憾威力：

「今天，好久不見的心愛的你，在我的夢中出現了。我希望夢永遠、永遠不要醒，只要有你在我身邊就夠了。」

真是有夠愚蠢了，寫這種東西的我真是愚蠢，而且在這麼爛的詞語旁，我還畫了彩色的插圖呢，真的很想去死。

但是，這種東西我還持續寫了兩年半。

當時的我，不管去哪裡，只要出門，心中就充滿著期待的雀躍地走著，或許我會碰到談戀愛的機會哦！～怎麼可能那麼簡單就有戀愛可談呢？但是，不論是街上的咖啡廳、唱片行或是上學途中，說不定會有男同學前來搭訕等等，任何可能性我都不想錯過。

對著窗外發呆時，我常會一個人喃喃自語地說：「好想去旅行哦～」或是對自己說：「好想看海～」事實上根本是不可能去的，但只要說一說就覺得很舒服。

另外，還寫了不少胡扯的詩，如：

「有一天，我找到了和你的雙眸一樣顏色的畫具。」

這次的插圖畫的是瑪林布魯的畫具。我到底那時候是在和誰談戀愛呢？尤其那一段標題叫『給夢中的你』的詩，更是不合情理得相當特殊。

「自從那次之後，就沒有再見過你了，我想你應該很好。你還記得我嗎？或許，你已經把我忘掉了。但，我一輩子都不會忘記你的，我衷心地期待著能再見到你一面。」

我一輩子都不會忘記你——但是現在的我，對於自從那次之後就沒再見過的你，可是一點記憶也沒有。也不知道當時的『你』給當時的我帶來什麼樣的衝擊，但是把我一輩子都扯進去，對於未來的我真的是很困擾。

就這樣，我幻想理想男子的作夢季節過去了。

咔咔
←覺得會被人看到而走路詭異的我。
幻想中的男孩，我覺得娃娃臉比較好。

進入作夢少女的第三時期；那是對鄰近學校男學生的熱烈單相思。反正，只要在上學途中一碰到他，我就全身虛脫，書包也拿不住地掉下來，眼前一片漆黑地眩暈起來。經常在漫畫中出現的那種很誇張的純情少女滿臉通紅，書包拿都拿不穩的情景，沒想到竟然也會發生在自己身上。

單相思急速地而且又很確實地在加熱著。他是一位腦筋很好又很有男子氣慨、很帥、很高的男孩子。這樣的男生要到哪裡去找呢?除了他之外我誰也不嫁……。

因為自己太鑽牛角尖，便常自悲自憐地感嘆自己沒有結果的單相思太苦，而在浴室裡哇哇的哭了起來。

那時候也很愛漂亮，會去買一些有顏色的護唇膏、穿些有美麗蕾絲的裙子等等，品味真是有夠低俗了。

然而，即使到了那時候，我仍是沒有記取教訓地還在寫一些無聊的詩:

「和你並肩同行的夢，
在我的心中，以緩慢的節奏響起，
如果，我們就這樣一起在夢裡迷失，

就可以成為夢的長駐人，
永遠、永遠在一起了。」

我再一次為自己的過去震驚。我竟然可以用這麼老套的表現方式，寫出這種逃避現實的字句。但是，實際上在那個時期，我真的希望自己能成為夢裡的長駐人，只要一空閒下來，就會閉上眼睛幻想，簡直像一隻生病的文鳥。

有一天，當我聽到傳言說，我單相思的他已經有了女朋友時，我的戀情就這麼落幕了。我仍然躲在浴室裡啜泣，並寫下這麼一首詩。

「半夜的天空，閃爍著無數的星光，
閃耀著、閃耀著，

我的心也閃耀了起來，
那顆星和那顆星，
是你和那女孩，
而我是從旁擦身而過的，
那顆流星啊！」

失戀了，我竟然還可以寫得出這麼漫不經心的東西來。我想，那可不是可以閃耀的時候吧！但成為流星犧牲下的我，終於從作夢少女中覺醒過來了。

十九歲的我，已經不在寫什麼作夢的少女日記了。我在學校、打工和漫畫的工作中忙得頭昏腦脹，根本就沒有一點時間可以去想那些愚蠢的事。

二十歲近尾聲時，我來到東京。在來東京時，我將那些日記全給撕了，但只有一本叫『戀愛精粹日記簿』的，沒有丟掉，放在抽屜裡面。

我想都沒想到有人會去看這種東西，所以早就把日記簿的事情忘得一乾二淨。但是，就在我到東京之後的第三年時，媽媽打電話來說：「我看了一些妳以前寫的詩，我被妳那少女情懷感動得哭了。」

我真是嚇壞了。……事到如今……，我一秒鐘都待不下去了。立刻回老家，從媽媽那邊把那本日記沒收。爸爸則在一旁竊笑，還不忘地損我兩句：「嗯~~我非常了解妳的心情。」看來，他也看了那本日記了。

怎麼辦？……真是丟臉透了。真希望能用雷射光從爸爸、媽媽的腦細胞中，將有關那本日記的記憶給消除掉。

對那本日記的內容，早就忘得一乾二淨的我，根本沒有勇氣在我父母已經看到那本日記之後，再翻開來重新看一次。

就在我寫這篇短文時，終於打開它的時機到了。翻開一看果然不出所料，都是一些難以想像且令人臉紅丟臉的東西，不能公開的內容佔了九成以上。

總之，在這裡公開的詩句都那麼令人覺得丟臉了，和那剩下的九成相較，還真是不算什麼。

我想讀者應該已經很清楚，我曾經是一個多麼愚蠢又白痴的女孩了吧！但是，被你們知道這些事之後，我接下來的人生要怎麼過才好呢？我想誰也不知道吧！

註解

原辰德：相當有名的退休的巨人隊棒球選手。

渡邊徹：男明星。出道時為一英俊小生，但日後發福，身材走様。

宴會用女人

人有「適合」和「不適合」的事，這是我作過ＯＬ（註）之後深深感受到的。

以前，每次聽到朋友說「我好像不太適合作ＯＬ」時，我總是傲慢地想著，妳也太任性了吧！作ＯＬ和上學是一樣的，只要按照別人的指示去做不就得了嗎？哪有什麼適合、不適合的。結果，我錯了。

克服了父母的強烈反對，來到東京的我到某出版社上班。雖說是出版社，但可不是出版什麼流行雜誌啦、情報雜誌等等多彩多姿的書，而是只出版政府刊物極度保守的出版社。

我被分派到營業課。雖說是營業課，但到外面去採購之類的工作，是全部由男性職員負責，女性則是整理資料、訂貨、傳票、輸入等無聊的工作，而且全部都是事務性作業。

我們這組有三位男生、五位女生合計八位在活動著。女前輩們都個性溫柔，非常親切，但是，那三位男生可就不太好了。

尤其是坐在我旁邊的一位三十歲左右戴著眼鏡，一副窮酸相又下流樣的男生。一想到我以後要稱這個男人為『前輩』，必須要追隨他時，我就覺得自己對工作的意願已經蒸發光。但是很無奈地，我也只好對他說：「請多多指教！」

這個長得窮酸又下流樣的男人，好像對我打的招呼漠不關心的樣子，只是敷衍地「哦！」一聲，就繼續他的工作。從側面仔細看，還可以看到他臉上的幾根鼻毛呢！

這家公司，事實上有著很令人嫌惡的陋規。公司雖然規定只要八點四十五分之前上班就可以，但是，社長他『老年人早起』，所以六點左右就會到公司來，作部下的也只好倣照早起，一般職員只要超過七點半到公司的話就不太妙了。

剛到東京來的我，一心一意地只想節省開銷，所以每天早上五點起來作便當。沒想到當個ＯＬ這麼辛苦，我還曾一邊洗米一邊哭呢！

進公司一個星期左右時，公司決定舉辦新員工歡迎會。我才在悠閒地擺著一副「太好了，他們要歡迎我」時，就接到「各位新人們，明天全部的人都要表演一首歌，請大家要記住！」的命令。

唱歌？我這輩子在別人面前唱過的歌，只有在幼稚園遠足時，被死扯硬逼地唱了一首『青蛙的歌』之外，從來沒有公開唱過。課長笑瞇瞇地從一副快哭出來的我的身邊走過，拍拍我的肩說：「妳在短大時，曾經上台表演過雜技不是嗎？好像很有趣的樣子，所以我們公司才錄取妳，明天就看妳的囉！」原來，我是被這家公司採用來擔任節目耍寶用的啊！……在回家的電車上，那一句『因為很有趣才採用的』的話，一直在我的腦海中揮之不去。

一回到家，馬上展開歌喉練習。一首中島美雪慵懶的『歡迎光臨極樂街』，在我的嘴裡嘟嘟喃喃地反覆練習了幾十次。

一間六塊塌塌米大小的房子，它的牆壁是很薄的。我很擔心，我這種一個人單身生活而且歌喉又很爛的女人，一旦歌聲傳到隔壁會造成別人的困擾。所以，便彎著背躲到角落裏練習一直到夜深。

第二天工作告一段落後，終於展開新人歡迎會。會場就在公司內一間亂七八糟的房間，辦公桌上放了啤酒、日本酒和一些簡單的食物。

感覺上很像是貧窮人家在開聖誕舞會似的。為了鼓起精神來，我不斷地喝著苦啤酒，安靜地等著自己出場的時刻。

同一期的夥伴們一個個被指名出場，愉快地自我介紹、唱歌。每一個人都很大方，也有人為了增加氣氛唱了『跑吧！光太郎』，場面相當熱鬧。

「接下來，各位等候的壓軸好戲即將要登場了。櫻小姐！～～YA！」

被輕浮叫聲催促得快哭出來的我，跳到會場中央來。首先，在努力的自我介紹過程中，得到了不少笑聲，而我也受到鼓勵似地認爲——嗯～不錯不錯，我確實頗有實力的，立刻轉入歌唱的主題。

我才說完我要唱的是中島美雪的『歡迎光臨極樂街』，歡呼聲立刻湧上，剛開始唱時，他們也拍手跟著歌聲打拍子。

「你問我從哪～裡來，我只能用很老練的表情回答你～～」

大家面帶微笑地聽著，但是一進入第二段之後，大家的表情就愈來愈不對了。

「今天～你向別人低幾次頭、哈幾次腰呀？……」

這是首描述偏僻酒館的酒女安慰悲哀上班族的歌，我心裡想「完了！」後卻已經回不了頭了，就只能看著頭愈垂愈低的男職員，再繼續唱下去。

原來還是很熱鬧的愉快氣氛，突然變得好安靜。一首歌結束了，我也成為如同地獄來的不祥女人。我好像走在針上地躡手躡腳地回到座位上，用一張痙攣的臉再大口大口地喝我的啤酒。

不能讓昨天的失敗影響今天的工作，這是ＯＬ的人生。第二天，我死命地敲著電腦鍵盤，激奮地將訂購單等的資料輸入電腦內。

但是，不管我怎麼努力，同期的人一分鐘可以打五十個字，我卻才只能打三十個字，而且還錯誤百出。即使連簡單的收款人姓名也都因為我的散漫而打錯，隔壁那位窮酸相的男子，不時地將他那輕蔑的眼神射向我這邊來。

事實上，在那時候我已經偷偷兼差做漫畫工作，所以常常睡眠不足，往往在工作中睡魔即襲擊而來。

經常就在我腦子一片空白時，睡魔悄悄來臨。常在自己也搞不清是作夢還是現實時，我突然對著那個窮酸相的男人嘀嘟喃起來：「……所以，我不是說過山田先生比較在行的嘛！那真的做的很不錯。」又突然地被自己嚇得驚醒過來，而眼前就是那窮酸相男子一張驚愕大特寫的臉。

有一天，我正在打電腦時，睡魔又來臨了。一不留神頭一打盹『叩！』的一聲打到鍵盤上。

結果，電腦螢幕嗶的一聲變成一堆亂七八糟的畫面，我嚇得臉色全綠了。因為不只是只有我的電腦，而是並排的電腦全部都受到影響而發出嗶的聲音。原來電腦同伴的感情這麼好啊！

我還呆呆地站在那裡感嘆電腦之間的情誼，而週遭的人早已經是一片大騷動了。

我們這組的組長絮絮叨叨地對著我教訓：「妳不只是注意力不夠而已，是要更加注意，竟然連上班時都打瞌睡！」我自己也打從心底覺得很抱歉，所以只好低頭直說對不起。但是過不了一分鐘，我又開始和睡魔搏鬥了。

也因為老是發生這樣的事情，所以同組的男生對我都相當鄙視。這也是理所當然的嘛！但是，在不同組的人中我可是相當受歡迎。我想因為在耍雜技時，我可以扮演一個相當稱職的角色吧！

當四月過了約十天左右時，我們又要舉辦『營業課賞花大會』。上次的新人歡迎會才過不到一星期就又要辦活動了……，我心中掠過不安的陰影。那次的慘劇是我心中的痛，而難得的星期六下午又要泡湯了，真是非常不甘心，但新人是沒有選擇的餘地。我們將啤酒和日本酒搬到小山丘上，在上司光臨前必須把一切打理妥當。

上司們一副笑瞇瞇的臉陸續抵達。部長的開場結束之後，又要輪到新人出場表演節目了。

有人唱歌、有人跳舞，在櫻花飄散中，毫無意義的時光就亂七八糟地流逝了。

突然，一位毫無專長的男子大叫一聲「我變成蟬！」後，便瞬間往樹上一跳「吱—吱—」的學起蟬叫了起來。

在恐怖的蟬男登場的同時，大家興奮地喊著「再往上爬！」的叫喊聲響起，沒有餘地退縮的蟬男，只好慢慢地往樹上愈爬愈高。

櫻花散落的花瓣飄到蟬男的臉頰上，他真的變成怪物似的邊叫邊爬著。就在那時候，我不能阻止自己去猜測——這個男人這一輩子可能會很沒有出息地過下去。

終於輪到我表演了。或許我是借了點醉意壯膽，開始喋喋不休地用相聲的方式說起我老家靜岡的事情。「說到靜岡，最有名的當然是茶女。走到哪裡，全部都是茶園。茶園嘛～就一直伸展到和其他縣的分界線上，所以從遠處看過去呢～實在是分不清哪裡是靜岡縣了……。」我呢，就不停地說些有的沒的，大家也因為黃湯下肚，興致異常高亢。突然，我回過神思考，看著吹雪中的櫻花，自己卻扮演著耍寶的角色，似乎愈走愈回去了。真的好空虛……。

五月下旬，我又因為上班打瞌睡被組長叫過去：「妳怎麼老是上班打瞌睡啊？妳該不會晚上在作什麼買賣吧？」他用很邪惡的眼光逼問我。

我內心很不悅，但嘴巴卻又很理虧地回答他說：「嗯，事實上我是在畫漫畫……，」組長一聽，生氣地說：「搞什麼嘛！漫畫和上班選一個……」我毫不考慮地回答：「我當然是選漫畫。」

因此我決定辭職。課長對我不能再擔任耍寶角色而覺得很惋惜：「哎～呀，妳非常有趣呢！要辭掉公司真是可惜。沒辦法囉！」

兩個月來我作的事情——在歡迎會中掃了大家的興、在櫻花飄散中吹噓、弄壞電腦、寫錯信封浪費信紙、賞完花之後把上司的點心也給帶回家了等等，做了這麼多呆透的事。

數天後，加上尚未領到的當月份薪水，一共是兩個月份的薪水寄到。我在營業課的任務也以一個藝人的身份落幕了。我想，這家以出版政府刊物的出版社，只不過是以兩個月雇用一位三流藝人來使公司更有生趣罷了。

註釋

OL：Office Lady 指在公司上班的小姐。通常指處理一般事務（雜務）的女性。

沒有意義的話題

這世界上，有些事實真的是荒唐得令人分不清是真是假。這次，我將從別人那裡聽到的事為主題來略作介紹。但是，有些不知是當事人在吹牛還是真的；有的還真是很離譜呢！

其一　汽球女子——

我朋友的一位朋友，是個行為很難令人捉摸的女性。有一天晚上，她突然打了通電話給我朋友：「我現在有樣東西一定要馬上拿去給妳。」我朋友一聽，三更半夜到底有什麼重要的東西呢？數小時後，她從練馬（註）騎著腳踏車到高田馬場來，送來了一百個汽球。

我朋友收到那一百個汽球後，呆呆地站在那裡，而送氣球的女人只丟下一句：「啊！我還要再跑一家。」之後，便猛踩著腳踏車消失在黑暗中。當時，我朋友猜測她的下個目的地應該是中野吧！
三更半夜騎著腳踏車從練馬至高田馬場再到中野，她四處奔波的唯一目的只是『把一百個汽球送給對方』。等到了中野完成目的之後，她又得從中野騎腳踏車回到練馬。
她為什麼會這樣做呢？我想，如果不是受到宇宙某處所下達的絕對命令，一般人是不可能做出這樣的事情。
我朋友呢？那一百個汽球要怎麼辨？她抱著一個很大的問題等待著黎明的來臨。

其二　通便之友——

有一天晚上，朋友打了通電話給我說：「我跟妳說，我剛剛大了一個好大好大的便便。」我心裡在想著我不想聽，但是嘴巴卻還是問她：「是怎麼樣的？」她又說：「哇～好長好長都不會斷，真是有夠長了。」我再詳細問她，她說太長了而且還不會斷，所以就慢慢地站起來，最後竟然站立著。後來大便好不容易斷掉，她就用尺來量量看，一量竟然長達五十公分。我一聽就回她：「騙人！是二十公分吧？妳在鬼扯。」「真的！很可惜不能給妳看，早知道我就拿下來作糞便標本。真是可惜！」也因為這五十公分長的大便，我們絕交了一段時間。

但是，如果她說的話是真的，那她的大腸內不就有五十公分的大便，因為沒有擠出來而保管著嗎？這實在是太驚異了！到底我們人可以有多少的大便收納在身體裡呢？還有，到底人這一生排泄的糞便量到底有多少呢？

他和娃娃魚奮戰的想像圖。
他為什麼要這麼做，連他自己也不知道。

正因為她的五十公分的大便風波，喚醒了我對糞便所產生的各種疑問，只要一有時間，我就一直思考這個問題，這也是存在我心中最大的疑問。

其三　巨型娃娃魚——

因為一位在鄉下長大的男士說：「我曾經在我們家附近的河裡捉到過娃娃魚。」結果，在燒肉店談笑風生的一群人全部驚惶失措。

這可不像是捉到螯蝦或蠑螈。娃娃魚不就是天然保護動物嗎？這種東西如果說是在附近的河裡游晃的話，就已經令人很驚愕了，而竟然有人說曾捉到過，那更是令人感到訝異了。

根據他所說，娃娃魚實在不是什麼罕見的東西，因為它的肉很美味，所以有些人還捉來吃呢！

他說，他捉到的娃娃魚可是娃娃魚中的超巨型娃娃魚，好像是頗有來頭的。因為和一般七十公分左右的娃娃魚相較之下，他提到的是一隻長達一百五十公分的巨大娃娃魚。

發現它時，是因為他以為他的朋友在游泳，所以跟在後面邊叫著等等我，邊奮力地追在後面。

邊叫喚著巨大的兩棲類動物並邊游泳的他，在數分鐘後很快地查覺到，那不是他朋友而是娃娃魚。這時候，潛伏在他體內獵魚衝動的熱血立刻沸騰，在大叫一聲「哦～～」的同時，便飛跳到娃娃魚的身上。陳述著這件偉大事蹟的他，滿口的啤酒泡沫。緊緊抱住娃娃魚，隨著它浮浮沈沈，終於他戰勝了；他全身溼淋淋，抱著活蹦亂跳的娃娃魚回家。聽說，當天的地方新聞還大大地報導呢！

看到新聞的附近鄰居很快地就趕到他家，並提出願意以兩千日圓向他買下娃娃魚，他們打算全家一起享用那條魚。

兩千日圓讓他動搖了，正打算出售時，因爲當地小學提出『學校要養』便被接收了。

好不容易才成為生態保育動物，卻被捉到還差一點被賣，又被說成『不是什麽了不起』的東西，最後又淪落到被人觀賞的娃娃魚

——看來，他們的日子是不被保證可以過得很平穩的。

其四　烤蕃藷汁——

三年前，我曾經聽朋友說，他曾買過烤蕃藷汁。

好像和『柳橙汁』、『蘋果汁』一樣，市面上也賣烤蕃藷汁。販賣的烤蕃藷汁罐上，畫著烤蕃藷的圖，口味有分加碳酸和不加碳酸兩種。

她兩種都買了，並先喝了沒有加碳酸的那種。

我那朋友很佩服地說著，那真的是烤蕃藷的味道，烤蕃藷變成了液體流過了喉頭，停留在胃裡。如果慢慢地喝，甚至連烤蕃藷那種焦焦的味道都感覺得到呢！

但是，不管我多麼努力去想像，也很難體會出在攝取變成液體時的烤蕃藷的感覺。或許，那只有喝過的人才能體會那種妙味吧！

接著，她又喝了加碳酸的那種，瞬間，烤蕃藷的甜味、香味以及焦焦的味道，全在她的口中爆發了。

她說，加了碳酸的烤蕃薯汁，緩緩流入體內時的感覺，是世界上難以想像的噁心。

這種烤蕃藷汁即使多麼口渴都不會想再喝了，當然它也不適合在餐桌上飲用，因為看起來也不像有什麼營養的感覺。那這到底是為了哪時候、誰喝而開發出的飲料呢？雖然如此，我仍因為好奇而打從心底有著強烈的慾望想要喝它。

數天後，我前往我朋友告訴我的店，結果找了半天也沒找著。

我想大概不會再生產了吧！就這樣，烤蕃藷汁的事情，也只能靠那唯一活著的證人朋友，繼續去廣為宣傳才有人知道了。

其五　四之谷車站的男人——

有天下午，我的一位好朋友走在四之谷車站的月台上，突然聽到從擴音器傳出演歌的歌曲。

他才在想著：哦～四之谷車站最近怎麼放起演歌來了呢？突然另一邊的擴音器也傳出站員的聲音：「旅客！旅客！請不要用車站的麥克風唱演歌！」

包括我朋友在內及全部的客人都嚇了一大跳，所有的人都往演歌播放出來的地方望過去。大家目睹到一位喝醉酒的男人，一副很陶醉的拿著車站的麥克風唱著歌。那位醉漢已經唱到第二段了。

我朋友說她是看過晚上月台上經常會有很多醉漢，但大白天在月台上唱歌的醉漢，倒是第一次看到。我也不曾有過那樣的遭遇。

那位醉漢應該不可能一天到晚在月台上唱歌吧？不，或許他平常是一位謹慎沒什麼出息、老實、又很認真的普通職員，也有可能是位很有人望的出色上司。

當他清醒後，在四之谷車站唱歌的這件事，或許會成為他的惡夢。

被捲入惡夢中的四之谷車站裏的人們，被記錄在這樣的短文中；如果說在醉漢的記憶片斷裏已將那時候的事給遺忘的話，如果看到了這篇文章……。

是夢是現實還是幻想——人們經常會苦惱這三者之間到底有什麼關聯呢？

其六　老爸的遺言——

這是我高中時聽同學說的。在她父親病危時，一家人全在病床邊圍繞著，用很嚴肅的表情面對父親的臨終。

他父親好像有什麼遺言要說，原本顰蹙的面孔，卻突然眼睛睜得大大地大叫一聲「菜葉」後斷氣。

留下來的親人全都呆住了。一時之間採尋那一聲「菜葉！」的意圖，似乎比悲傷來得更令他們掛意，但是到現在仍然沒有答案。

或許在臨終的瞬間，他父親突然看到菜葉在空中浮游吧？總而言之，我想那時，他只是想把一件最不需要去告訴家人的事情傳達給他們全部的人罷了！

其七　青山的咖啡屋——

這是則關於我自己的故事——一段關於我非常不羅曼的羅曼史中的小插曲。那一天，在青山的某一家很時髦的咖啡館中，和他很嚴肅地在談著話。

我哭著，因為我們之間已經出現要分手的徵兆了。

窗外飄著細細的雨絲，就在哀傷的氣氛達到高潮時，突然隔壁桌的四個上班族中的一位男士，斬釘截鐵地丟下一句：「那在下我，就前去小個便！」然後從位子上站了起來。

我的淚水已半乾了。

但是，托青山的咖啡館和外頭下雨的福，很快地凝重的氣氛再度籠罩，我的淚水數滴混入咖啡杯中。

三十分鐘後，我們倆陶醉在宛如法國電影中男女主角相談的慵懶氣氛中。人生會面對許許多多的場面，我心裡邊想著，終於我也等到電影中的一幕，邊伸手去拿杯子時，我突然聽到剛剛那位男士又斷然地說著：「這是在下我褲子上的汚垢，那可是淡黃色的汚垢呢！」

看來，青山的咖啡館和外頭的雨都不再幫我的忙了。

我們分手的話題和他褲子上的汚垢一起煙消雲散，就這麼被雨水打散及拋下青山的咖啡館走了。

我已經忘了是不是因為和那位無聊的小便男士相較之下，我們無聊的分手，使我們覺得自己的話題很無聊，所以我們並沒有分手，而且還步入了禮堂。

現在回想起來，那時候的那位男士，在我們的人生中還扮演了相當重要的角色呢！

在許許多多的事物漩渦中，有些意圖不明的事情，在事過境遷之後回過頭去看，或許會有某些暗示。

即使是我們一直思考都不能理解的事情，使我們能夠理解到這不是可以理解的事時，這也是一種學習。

註釋

練馬：地名。

金鐘兒計算方式

『昆蟲是從外太空來的』，這是個令人懷疑的假設。

而竟然有位白痴很率直地相信這樣的假設——那就是我。總之，根據那個傳說的說法是，昆蟲的化石是在幾億年，還是一個什麼來著的時代突然出現的，而且在那之前，根本就找不到有化石進化過程的徵象。

而它會突然間在地球上出現——我想，這除了從外太空而來之外，是沒有其他任何可能了……。我頭腦簡單的思考線路，在肯定這個假設的同時，也開始熱烈地尋找昆蟲對宇宙的大規模夢想，以及不著邊際的幻想。

嗯……蟲這小玩意兒，或許事實上它根本就是企圖用它那小小的身體，來征服地球的恐怖生物……。

這時候，我也搞不清楚為什麼我的思考線路會轉入對金鐘兒（註）的研究。

金鐘兒是某一年我們附近的某戶人家開始飼養的，結果到了第二年，以那家為中心的附近竟全佈滿了金鐘兒，這小蟲俏皮的演出也使得我們與附近鄰居的交往更見詳和。

我們家當然在這一場詳和的氣氛中是不能缺席的——二十隻金鐘兒上了我的家門。這些金鐘兒到手的路線，是因為母親和一些三姑六婆們在吱吱喳喳時，聽他們說：「附近的某某太太家繁殖了好多好多，他們會很大方地送給鄰居呢！」一得到這個情報，她趕緊拿著還殘留著湯汁香味的泡麵空碗，小心翼翼地捧著金鐘兒入門。

我以一個地球人的身份認為：它們可是特別由遙遠的外太空前

來，企圖侵略地球的昆蟲之一呢！所以我認為應該考慮到是否用日清炒麵『UFO』（註）。

有必要，至少也得把它們放在日清炒麵『UFO』的玻璃容器中一起運送吧！

接著，「要用什麼東西來養這些金鐘兒」是我們家今天的主題。像這樣的話題在我們家出現，感覺上有點像蠑螺小姐（註）的家族似的，我內心感到有點幸福時，會建議持續進行下去。結果，要用像臉盆一樣的塑膠容器再蓋上一張紗布來養？還是用參加婚禮收到的那個沒有任何用途的瓶子來養？最後附帶說明，後者的意見中提到的那個『沒有任何用途的瓶子』的廢物，在我們家中真的可稱得上是相當棘手。那個瓶子上設計了一個『壽』字，不管是放在地板上裝飾或是擺在玄關裝飾，都有點太誇張了，所以真的是「食之無味棄之可惜」。我自己也擁有一個有烙印著『壽』字的瓶子，因爲我對它無技可施，所以也只好利用它來貯存。

最後，可喜可賀地找到金鐘兒的家，是採用了已被爸爸遺忘在一旁，却奇蹟似地被想到的空水糟來替代。

不過，事實上那個水糟有一個灰暗又悲傷的經歷。這裡以前曾養過『熱帶魚』，但是因為我們這些主人的疏忽，而使得它們全部都掛掉了。

這群不知道水糟曾有過這麼慘痛的過去的金鐘兒，高興地一昧大合唱著。看到它們這個樣子，我此刻的心情，就像是一位對房客隱藏這裡曾經發生過一件慘案，却仍將房子租給下一個房客的房東，心中很複雜而且還隱隱作痛！

金鐘兒們發出品嚐著美味食物的聲音，吃著茄子；偶爾還會用前腳來擦掉噴在臉上的茄子汁。如果是我的話，用手擦掉之後，還會去舔沾在手指上的汁。但是，看來它們好像沒有一副窮酸相的氣質，所以沒看到任何一隻再用嘴巴去舔前腳。

金鐘兒們還真是奢侈，它們除了皮之外全吃了。看到它們這樣，我都呆住了。

「這是什麼意思！我在吃炒茄子時，還覺得皮的部分特別好吃呢！……」

對金鐘兒而言是垃圾，但對我而言卻是美食。

在金鐘兒界中，沈默寡言的內向男子似乎頗不討人喜歡；受歡迎的是又會唱歌又會跳舞的愛出風頭男子。草包的男子只要一唱歌，跳舞的女人就會被它吸引住。

我仔細聽了聽金鐘兒的大合唱，發現它們的歌聲有一定的節奏，其中好像還有一位是頭頭呢！首先，頭頭先開始鳴叫，接著副頭頭立刻跟上。接下來，一些平凡的金鐘兒就陸續地跟著一起叫起來，不一會兒功夫，就成為大音響了。看來，在金鐘兒界中，也有很嚴苛的階級制度。

在這種嚴苛的階級制度下，正確節奏的大合唱中，也會有偶爾的疏忽所造成的錯誤，像在小休止符時會出現鳴叫出「鈴～～」的不法破壞者。我想，在大家都沈默時卻發生錯誤鳴叫的窘狀，如果以人類來比喻的話，就如同在畢業典禮時，司儀喊著「畢業生起立

能唱能跳、很受歡迎的公金鐘兒（性格・輕率）
歌唱不好、舞也跳不好的公金鐘兒（其實性格很好，不過不受歡迎）
迷戀上受歡迎公金鐘兒的母金鐘兒。

」時，却莫名其妙地跟著站起來的在校生的心境是相當接近吧！

就這麼唱著歌、跳著舞再交交尾的情景，宛如化成鹿鳴館（註）的水槽中，它們本能地唱著歌、過著沒有思想的生活，尤其在深秋時達到最高頂點。不久金鐘兒們被迫進入了寒冷的氣氛中，它們將進入雌蟲的產卵期。

在進入雌蟲產卵期的同時，宴會落幕了。雄蟲被迫捲入絕命性的大危機中，因爲雌蟲產卵時，為了補充鈣以及其他的營養，必須捕捉雄蟲來吃。為了勾引女性而費了很大工夫的男性們，在完成了生殖偉業的那一刻，却即將化成雌蟲的維他命營養品——真是毫不浪費他們的一生，也可說是毫無意義地過一生。

將營養品啃得七零八落的女士們，在吃的飽飽漲漲的肚子裡，卵則經由輸卵管一一滑落產生在土中。

筋疲力盡的雌蟲們，根本就不再在意什麽各自的地盤或隱私，它們只是一時將卵產在地上。沒多久，在世界上的使命已經完成的母金鐘兒，在一陣陣輕微痙攣的同時，短暫、毫無意義又愚蠢的一生，宛如走馬燈的跑過而結束了。

水槽內恢復了靜寂。

我預測著那土中可能埋藏的、令人噁心的、龐大的卵子數目；想像著到明年初夏之前，土裡仍持續著一種很怪異的寂靜。

第二年五月，正如我的猜測——無數的金鐘兒誕生。玻璃水槽中，四邊都沾滿了小小的黑點。

「嗯～～看來會有天文數字的金鐘兒誕生了……。」

在此事先說明，我的天文數字是指超過千隻以上的程度，但是想想，至少會有約兩千隻左右準沒錯。我對它們的繁殖力感到顫抖，並馬上向朋友報告，結果她們反駁我。

「二十隻金鐘兒會變成兩仟隻？妳啊！未免也誇張得太過火了吧！看起來像是很多啦，但大不了五、六百隻吧！」在五、六百隻後面甚至還罵我說：「妳說的話都在鬼扯。」我被說得有點火大，心裡想著是否真要呆呆地算有多少隻才能洗刷我的汚名。如果真要去數的話，一定會有兩千隻以上不會錯，但它們一直在動沒法算。

我一直有衝動想把它們泡在熱水中，讓它們全動不了之後我就可以算了。好不容易才壓抑住衝動的我，腦子裡仍然死命地思考著各種『金鐘兒的計算方式』。

最後，不怎麼可靠的『金鐘兒計算方式』誕生了。

『（水槽的面積）＋（水槽的底面積）÷（金鐘兒的大小）』

只要運用這個方式，我想應該就很能掌握金鐘兒概略的總數了吧！（掌握概略的……『總數』，這幾個字還真是叫人難以理解……）帶著心中的疑問，我開始展開金鐘兒的計算。根據計算，總共有兩千四百隻的金鐘兒存活。

哦哦！……妳看、妳看吧！我的眼睛散發著光輝。計算出的兩千四百隻中，如果再扣除我對『金鐘兒計算方式』不信任的四百隻，那也有兩千隻了吧！四百隻也是在我謙虛的態度下扣除的，所以兩千隻沒有謊報。我的數字由概略的等級提昇到近似值了。用這個計算方法得知『二十隻金鐘兒生出兩千隻金鐘兒』的看法愈來愈不可動搖了。

……有點悲哀的是，對金鐘兒的繁殖率研究得那麼深奧一事，卻對我今後的人生一點幫助也沒有。

註釋

金鐘兒：一種在日本的昆蟲，叫聲很像鈴噹聲。

UFO：日清速時炒麵的牌子之一。

蠑螺小姐：日本很受歡迎的一部卡通動畫中的女主角名字。

鹿鳴館：明治十六年（西元一八八三年），由英國人設計的洋式建築物。是當時聞名的社交場所。

没有底的澡池

澡堂真是棒。

只要兩百七十日圓就可以前往『啊～啊，真是舒暢啊！』的世界。

在這種艱苦的社會中，僅僅不到三百日圓，就有如夢幻般的設備存在，說不定澡堂正是遺落在現代娛樂死角中的最後一個孤兒。

如此這般熱愛澡堂的我，好不容易才租到一間六塊塌塌米並附帶浴室的小公寓，卻仍然每星期到澡堂兩次。而且，不只是我住家附近的澡堂，只要是我信步走到的街頭有澡堂，我一定會進去沖泡一下才回家。我已經成為澡堂研究師了。

前陣子，就在我閒逛的途中，發現一家相當高科技的澡堂，於是二話不說，趕緊進去看看。澡堂有著宛如飯店大廳似的櫃台（像鼠尾草並排的），客人付過錢後，從工作人員手中接過代替房間鑰匙的寄物櫃鎖。最近，類似這種派頭的澡堂愈來愈多了，除了老式澡堂外，很少有機會來的土包子的我，為了掩飾自己內心的動搖，不自禁地說出一句：「請給我『磨垢巾』（註）！」

脫口而出後，我手上拿著有點多餘的磨垢巾，踩著步伐前往更衣室。

走到浴槽一看，只有三個澡池。一是氣泡式的澡池，二是噴射式的澡池，三是和其他澡池沒有什麼不一樣的普通澡池。

看得出來，他們有下一些功夫設計的澡池很受歡迎，但那個和其他沒什麼兩樣的澡池就不怎麼受歡迎了，一個人也沒有。

我嚮往的是安逸的追求，泡澡是要舒暢、愉快的，所以我毫不遲疑地一腳踏入那個沒什麼特殊的澡池。瞬間，全身的血液逆流。

——好燙——。

真的是嚇壞人的燙！在這麼燙的澡池中，如果小朋友頑皮不小心掉下去的話，可能會立即暴斃。我再怎麼說也是個成熟的大人嘛，心裡邊想著幸好，一邊裝作若無其事地溜進旁邊的氣泡澡池裡。

話說回來，那個熱得會燙死人的澡池，在這麼高科技的澡堂中，到底有什麼用處呢？針對這個疑問，我也請教了澡堂通的朋友，結果她說：「本來澡堂就是這個樣子的啊！它有著許多客人無法理解的神秘之處。」

她眼神遙望遠方舉例說明。她以前曾去過一家澡堂，在圓形的澡池中，熱水激烈地滾動著。她在泡澡時，有幾次差一點被滾動的

水沖走，最後好不容易奮鬥成功，泡澡結束。像這種『流動的澡堂』到底有什麼效果呢？而客人為什麼要那麼努力不讓自己被沖走呢？……從池裡爬出來時，她感到全身疲憊，只是愈見困惑。

就在這時候，我又再度面對一家新澡堂的神秘與恐怖。

有一天，正好有點浪漫的心情，突然想在夕陽下走走，所以特意朝必須要走三十分鐘路程才會到的澡堂前去。一開始時，一個人陶醉在黃昏的景致中，但愈走愈累，浪漫的情趣也不翼而飛，就在累得快變成一條狗時，正好看到一個『湯』（註）的招牌。

這裡跟我上次去的新科技澡堂不一樣，是個沒什麼花招的傳統澡堂。櫃台前坐了一位快枯萎的老爺爺，他一副很無聊地看著小型電視，連放在櫃台旁的牽牛花，都跟老爺爺一副快枯的樣子。一打開浴室的門——怎麼會全是老太婆呢？

我查覺到難不成今天是『老人優待日』，果然不出所料，告示欄貼著一張那樣的告示。因為四周圍全都是老太太，所以平常身材很單薄的我，這下子就變得『有看頭』了，這時全部的壓力都煙消雲散，我邊哼著歌邊朝澡池走過去。

澡池分大、小兩個，我首先進入『大』的。『大』的裡面有兩個噴射的設置，只要把身體靠近噴射處，強勁的沖力震盪可消除肩膀酸痛，真是相當舒服，但是大家好像都遠遠地守在那裡等著輪流使用，所以我也不能一個人獨佔。只有這個時候，我才會邊為自己的年輕感到怨恨，邊要節制一點；不能一味地獨佔這個『噴射口』來治療我筋骨的疲憊吧！

好吧！那就去洗澡囉！我站起來走到先前已經放了洗刷用具佔位子的沖澡處。前面的鏡子和後面的鏡子合起來成為四週的鏡子，全部都映著我想都不想看的老太太的裸體。

就在我正在洗頭時，頭一抬起來，鏡子中的我正好和我正後面的老太太眼神相交。不知怎麼搞的，我覺得有點心虛，只好笑一笑，我可是在散佈我的親切呢，但對方卻理都不理我。在我僵掉的笑臉上，只有頭髮上滿頭洗髮精的泡泡滑落下來。

接下來我又想泡泡澡，因此往澡池走過去。這一次換到『小』的澡池。這是我七分鐘前就決定的，所以我踩著堅定的步伐前去。

小的澡池是藥水池，澡池中浮散著細水藻和藥草，就好像太久沒使用而長了青苔的游泳池的顏色，所以完全看不到池底，且池中央還冒著奇怪的泡泡。看著這有點恐怖的池子，我心中有點警戒，總之先坐在浴池邊緣安靜觀察一下。接著，腳伸入澡池內，腳踏不到底，「咦？這到底有多深啊？」我心中產生懷疑，再把腳伸出去。咦？還是踏不到底，真怪？再伸長一點。

「咦？還不到底？」

我緊緊捉著浴池的邊邊，再把腳伸長到快筋攣了。在這種有點怪異的熱水中，我只伸出頭來而且頭髮全溼答答的，也不知道在追求什麼的我，這樣子簡直就像『妖女』嘛！

我再鼓起十足的勇氣，把半個臉都泡在藥水中努力伸長我的腳，而我死捉著『救命邊邊的手』已經麻了。

最後，我還是沒有踩到底。變為妖女的我已經沒有再沈下去的勇氣了；落荒而逃似的從藥池中爬上來，蹣跚地走向更衣室。

我邊穿褲子邊想，到底那個藥池有沒有底啊？我滿腦子裡只玩味著這個謎。……現在我又得走三十分鐘的路，才回得了家。想到這裡，心中只是惆悵……。

自從那次之後，我就再也沒去過那家『無底澡堂』了，但是，不久的將來我一定還會再去一次，我一定要揭開它的真面目。

這也是我身為一位『澡堂研究家』的任務之一。

註釋

磨垢巾：用來磨擦身體去除汚垢的布塊。

湯：指澡堂的意思。

有錢的朋友

我沒有特別刻意，但也不知道為什麼，我有很多朋友都是『有錢人家的孩子』，而我家是開小小蔬果店的，所以當然不是什麼有錢人。不過，因為我們附近商家特別多，所以在我的成長過程中也沒有什麼感到特別的。

小學時，孩子們互相都會拿家裡的事來吹噓，因為彼此都是商家孩子，所以像開花店的啦、開米行的啦、壽司店的啦等等，都有各自的誇耀之處。

而我是最得意的一個。

「我們家啊，五月就可以吃得到西瓜了耶！什麼哈蜜瓜嘛，每天吃，吃得都好煩哦！」

大家一聽，「哦～」的歡呼聲響起，結果最棒的就屬開蔬果店的我。其中，尤其以一位叫穗波的女孩最羨慕我：「好棒哦！每天都可以吃哈蜜瓜，真好！」她們家是經營不動產的，如果真的那麼羨慕我的話，那我還希望能跟她換。不久，她們就要搬家了，搬到鄰鎮新蓋的房子裡。之前她們住得已經相當不錯，家裡有個大池塘，池裡還養著錦鯉，這下子，還要搬到更好的房子，這可不是一般小孩子能想像的了。

搬家之前，她曾邀我到新家玩，所以我早早就去打擾了一番。長長的圍牆，從大門口走到家門還有一段路。好不容易終於到達門口，在遠遠的正前方可以看到一棟日式的兩層樓房。我問她：「哦～感覺上很有日本風味的房子耶！妳的房間在二樓嗎？」「什麼？妳在說那棟建築物嗎？那過去一直都是我奶奶在住的房子，現在只放東西。」那，那妳家呢？才一問完往左邊一轉，那裡有一棟像是平安時代公主在住的新大殿。

當裡面的阿姨出來招呼「歡迎、歡迎」時，我真的幾乎要認為她就是紫式部（註）了。她說我剛剛看錯的房子只是放東西的地方，如果把那裡給我們家人住，大家早就樂歪了。此時，我悲哀地想到哈蜜瓜的無力。

我另個朋友加藤她的家也不簡單。加滕的父親是有名的精神醫院的院長，就住在我們家附近的一棟超豪華的宅子裡。這是我國中二年級時的事情。

她家擁有在當時還是很稀少的地板暖房設備，我對打從腳底散發出熱氣的印象相當深刻。廚房也是非常寬敞，院子裡散落著打高

爾夫的小白球，小狗跑來跑去。

爬上在外國電影中常會出現的優雅階梯後，就可進到裡面的二樓，這裡聽說是專門宴客用的房間，差不多有三、四十坪左右。房間裡掛著許多好像國中課本裡才會出現的那種大大的洋畫，還有可以邊彈邊唱的白色鋼琴和麥克風設備。

這裡開宴會時到底會是什麼情景呢？這對我來說可能是永遠

無緣的事情，但出乎意料之外，竟然有一窺其中的機會落在我身上了。

碰到名人了

什麼！電影明星水谷豐（註）要到她家！我不知道他到她家幹什麼，但不可置疑地那是有錢人的世界，也是貧窮人無法想像的世界。我苦苦哀求著加藤：「我求求妳，請讓我看水谷豐一眼好不好嘛！」她一副很勉強地說：「好吧！我看時機差不多時，我打電話給妳。」

晚上九點多左右，電話響起，我立刻前往加滕家。一打開二樓的門，那裡已經變成人間樂園，個個談笑風生，圍繞著彩虹般的光彩。水谷豐和電視上一樣，笑瞇瞇的一張臉，他還偷偷地帶當時的情人米琪．瑪健吉過來。

當我稍為清醒之後，忽然看到了一位奇妙的男人，四處走過來晃過去。他長得一臉國籍不明的樣子，腋下還夾了瓶酒。我好奇地問加滕：「那個長的很像柬埔寨人的男人，是誰啊？」「他？是我爸爸！」「爸爸啊……？是柬埔寨人……嗎？」我試著要瓦解我丟臉的窘境。突然米琪小姐喊著說，她要唱歌，曲名是『親愛的』。

「如果～我啊～」聽起來好像是遠處的狗在哀叫似的。一些太太們，像蒼蠅一樣地粘著正唱著『親愛的』米琪小姐的周圍，並極力稱讚「哎～呀，唱的真好！」此時，我打從心底慶幸，幸好我不是米琪小姐。

這時候，米琪的背後出現了黑黑的人影，那是加滕的爸爸。他站在正尖叫唱著『親愛的』美琪小姐的背後，邊問她：「妳哪時和男友結婚啊？」看來他把美琪小姐看成山口百惠（註）了。

一夥人臉色蒼白的要拍紀念照片了。三、四個小朋友圍繞著水谷豐，加滕的父親搖搖晃晃地擠進來，在他笑瞇瞇時閃光燈一閃。

被那位老爸誤會成百惠的米琪，和在一起的男友水谷豐開著車，從加滕家的車庫急駛而出。我的內心因他們的離去，突然吹起陣陣寒冷的晚秋涼風。

可以開茶會的大庭院

接著呢，是我最近的朋友大森小姐的登場。她住的超級豪宅可以算是我有錢朋友的最後總決算。

在都內（東京都）有個佔地三千坪的庭園。在靠近她們家最近的車站搭計程車時，只要說要到『大森邸』，司機就知道路了。

前陣子，我和幾個朋友，組了一團『大森邸觀光團』去好好欣賞它的全貌。

從大門到玄關之間的空間，將近有一百坪左右。一百坪都可以蓋間很棒的房子了，竟然是他們的通道，而且，大森邸還有二千九百坪。算了，他們家光是庭院就有三千坪了，這麼小的數目不提也罷！

庭園的池塘裡有大鯉魚和小金魚在戲水，我好奇地問：「咦？大森小姐妳也會去撈金魚啊？」她說：「不是，小的魚是自然繁殖而來的。」看來，如果大家不留意四季的改變，生命就會延延不息。聽說，他們也會在庭園裡開品茶大會呢！

大森家二十年前由中野搬到這鎮上，他們家以前住的舊地方已經變成小學了。我、我、我真是嚇呆了。

看到大森家的牆壁時，有一位朋友叫了好大聲。

「妳們看，這牆壁好神奇哦！牆、牆壁會吸垃圾！所以根本不需要吸塵器了。」雖然他很誇張地叫著，但除了他之外，其他的人都知道有這種中央控制清除機了。

正房是非常有日本風味的日式房子；這以前是料亭，但她祖父非常喜歡那建築，所以把它搬到自己的庭園來了。到底是怎麼搬來的呢？只要有錢，不可能的事也會變成可能，這種事實是存在的。

有錢人的世界是很深奧的——如果說和妖怪的世界是一樣神秘的話，似乎又太蠢了。

我從別人那裡聽說，有位石油公司的社長兒子曾經說過：「我們家的庭園有駱駝在散步呢！」

而我們家的院子呢，只有蜘蛛結的奇怪網子在捕捉蒼蠅。當我的腳踏在地上時，很慶幸沒有看到駱駝在散步。

註釋

紫式部：平安中期的女性文學家、歌者。著有日本古典文學的最經典之作「源氏物語」。

水谷豐：知名演員。

山口百惠：日本相當聞名的女星。雖已退隱，但在日本人心中仍為一巨星。

週刊雜誌的臭屁

我二十五歲時已經結婚，和我先生兩個人過著忙碌、愉快又平穩的日子。工作都是在書桌上，可稱得上是過著單純的家居生活。

這樣的我，作夢也沒想到自己會被加上什麼性愛標題刊登在雜誌上，即使說『櫻桃小丸子』在電視上演出，已經是多麼紅多麼紅之類的事，但實在也太不相關了。

不過，我真的是被某週刊雜誌以有關性愛的內容而刊登出來。（也因為太難得了，所以我特別把日期給記錄下來，那是一九九〇年八月下旬的事。）

那本某女性週刊雜誌叫『女性〇〇』——就是書名有一針見血式暗示女性性器官的那本雜誌，但絕對不是『SEVEN』（註）。

這篇報導的標題，事實上有點抽象，它寫著「咦?『小丸子』

喜歡『蛋蛋』哦！~』。其實那只不過是稱之為小丸子漫畫裡的登場人物，對著也搞不清是貓咪還是老婆婆的『蛋』說喜歡它（實際上有個音樂演奏團體名字就叫TAMA（註）），就這樣完全搞不清楚怎麼回事。我想六十歲之後，我真的會很擔心世紀末的大異變了。

仔細讀了那篇文章，主旨是《小丸子》的作者櫻挑子（二十五歲）因為迷戀『TAMA』的成員知久壽燒（二十五歲），而丟下老公不管，拚命地追知久氏。

根據他們所寫，我曾和知久先生兩個人單獨在新宿的酒店愉快地喝啤酒；並且在『TAMA』的演唱會結束之後，一定會帶點心到後台給他們，以及欣賞知久先生的演唱會或劇場時會感動得痛哭等等。

那麼體貼認真的我，在世界上是不存在的。有的只是穿著髒髒的衣服、兩手空空的和老公兩個人在演唱會休息室附近晃來盪去。不過，也好啦！

差不多一年前開始，知久和我們夫婦兩個人經常玩在一起。他外表看起來很古怪，又長得很像河童的樣子，再加上穿著奇裝異服，所以只要我們三個人一起去喝酒就很引人注目，而且常被追著要簽名。看著他喝醉了還要簽名的樣子，身旁的我們眞覺得他怪可憐的。

就在他和我的文章被刊載出來前，也曾因為『飲尿療法』的這個話題而造成一陣騷動，有許多週刊雜誌及女性雜誌都有刊載。標題是「『TAMA』喝尿！」。感覺上好像是痴呆的老太婆在喝尿似的，每次『TAMA』的事情被寫在媒體上時，都會令人驚訝。

而在相同的一期中，也報導一篇關於我『小丸子超級受歡迎』的令人陶醉的採訪。

在喝尿和超級受歡迎之後的下一期，就出現了我也搞不清楚是戀情大曝光，還是倒追內情大曝光之類的，反正是兩個人的照片都全上了雜誌。

我嚇得可以說是從超級受歡迎的天堂中直接墜入地獄，但是知久呢，倒是從『喝尿』變成『被倒追的人』登場，可算是身價暴漲，所以還真是有點羨慕他。

在這次報導中，最、最慘的事是我老公也被寫進去了。文章中

說，我每次都必須前往演唱會（實際上我哪有那種閒功夫每次都去），又正好因為有工作不能去，所以我老公代我前往演唱會，並對團員們說了些道歉的話……。看到這裡，從我老公開始到有關係的人

全都腿軟了。我不是吹牛的啦，但我們家老公可不是學小學生把無聊笑話掛在嘴邊的白痴，他是很有魄力的男人。萬一，他真的說過這種謝罪的話，一定會後悔五十年的。

只要一想到，三更半夜那位連我的老公都扯不上的愚蠢小丑舞台上，說些無聊話的暗示女性性器官的週刊雜誌編輯，他們埋頭寫稿子的樣子，我還會無限地感激他說的不是我，而且，這份原稿就如同我們對新興宗教覺醒一樣的令人感激不盡。

以前，我還曾不慎接受過這本暗示著女性性器官的周刊雜誌採訪過呢！我特意撥空前往他們指定的地點，接受他們拍照、回答他們提出的任何問題。而且數個月之後，他們還要求我協助，提供建言給他們舉辦的活動「我的『小丸子』體驗」的企劃，我還傳真過去協助他們呢！要求我時低聲下氣、猛磕頭，結果卻還寫得出那種憑空捏造的事情來。「好！～即然你們做出這樣的事來，那我也不客氣囉！我也是可以一直強調你們的雜誌名字是『暗示女性性器官』吧！誰怕誰啊！」這是我心境的最佳寫照，真的什麼事都不能相信了。就算我喝著提神劑，對它的功效我也不太相信了。

話說回來，看看這一期的雜誌內容，還真的有許多很離譜的文章呢！有一篇專欄中寫著「被妻子唾棄的白痴老公」，這當中還有「笑得過頭而頭殼爆裂的老公」、「芥末浴中陽萎的老公」等等陸續登場。寫這種東西的雜誌才真正叫作『無聊雜誌』！

而有關演藝界的新聞呢，每週都有中森明菜和松田聖子的文章登場。明菜小姐的標題是「獨家報導　明菜（二十五歲）『不結婚也想生個小娃娃』」，明菜小姐怎麼可能提供給這種雜誌這麼露骨的獨家表白呢？仔細看看內容，果然不出所料：根據某位女士提供「明菜小姐很明白地表示『婚結不結都無所謂，但小孩是一定要生的！』」到底某位女士是誰呢？這篇文章中出現的某位女士是存在或是不存在我是不知道，但只有很像女性證言的東西被虛構了。

另外，在焦點話題則是女星南果步（註）被逮到了。標題中寫著「美女明星・南果步（二十五歲）和同年齡男星在夜裏『依偎』漫步」。真是有夠曖昧的寫法，再看看他們偷拍到的照片，一團烏漆摸黑中，兩個人影而已，完全看不清楚臉。我想這種照片和文章，只要這家雜誌社一名女職員和一名男職員就可以做的出來的。

就這樣，雜誌中有的沒的寫了一堆，被寫的人我想也只能躲在棉被裡哭的份了。像這種雜誌，真的完全沒有自己創造的能力，而且還老是扯人家的後腿，他們只是在揑造事情來變成自己的創作盈利。

這種由模稜兩可的根據所勉強創作出來的文章，眞的很像是在放屁——沒有實體卻又很臭。

放屁的人或許是很輕鬆、舒暢，但是對周遭的人會造成什麼樣的困擾呢？真希望這些人，能用一條管子連接自己的屁眼到自己的鼻孔上，吸一吸自己放出來的臭屁。

在我寫這篇文章時，女性性器官週刊雜誌的臭屁，不知是否放個不停？在噗～～噗～放個不停的同時，要小心不要也把天皇陛下的玉照給燻壞了。

註釋

SEVEN：株式會社集英社的一本倍受歡迎的女性雜誌。

蛋的發音為TAMA。

南果步：女演員。

我要結婚了

在可能即將落幕的昭和時代，一個氣氛很濃厚的一九八八年秋天，我們『決定結婚』了。我們直接採用值得信賴的好友提供的婚禮場地。場地預約一通電話就ＯＫ了，什麼看場地之類的瑣事全省下來。

好了，一決定結婚之後，接下來就必須向雙方家人打招呼，這一點也是我最擔憂的。我覺得我的家人不管怎麼說，對這種事就是不擅長，尤其我的爸爸更是令人擔心。每天腦子裡只想著酒和下酒小菜的老爸，如果被一位陌生人當面說「請把您的女兒交給我」時，他不知道會怎麼回答。

五年前老爸說了這句話：「如果有人對我說『請把您的女兒交給我』時，我一定會逃走。」他的表情在我的腦海掠過，我的老爸就是那種隨時可能溜走的人，即使不溜走的話，我也可以想像得到他那一副很難看的德性，愈想我的擔心就愈沈重。

到我家拜訪的日子終於來臨了。我老公不管怎麼勸，他就是非穿西裝不可，即使我對他說：「你不用這麼在意的啦，我們家真的一點都不在乎服裝的，不用緊張的啦！」他還是堅持：「不！不！這種時候只有穿西裝是最適合不過了。」但是很不湊巧，冬天的西裝正好送洗，所以我又安慰他說：「你看，沒關係的啦，穿什麼都無所謂。」可是他就是不聽，最後只好穿夏天的西裝。

他穿著夏天的西裝光臨寒舍，面對眼前的料理，他連筷子動也不動地只是沈默地坐著。一聽到母親說：「啊！請用、請用！」爸爸也無意義地乾笑著學著她說：「啊！請用、請用！」這樣的言行反覆了三次左右之後，終於他鼓起最大的勇氣說：「今天我是來和兩位老人家談談和桃子小姐結婚的事。」當然，我們全家都早就知道他是要去談結婚的事，所以沒有任何人覺得驚訝。

就像電視劇中出現的父親有各種的回應。有的父親是大喊著：「什麼！～我不答應。」之後就是酒杯齊飛；有的父親則是怒吼著：「你給我滾！～～」或者有的父親拉扯著心愛的女兒，感動得流淚並低頭喃喃地說：「我這位平凡的女兒就交給你，一切拜託你了！」甚至有的上流社會的父親，手拿著威士忌酒杯嘴裡說著：「呵、呵、呵～那我女兒就交給你囉！」等等。

那，我們家的老爸會說什麼呢？沒有人出聲地等了數秒，而我們家的老爸，只是一張鬆垮的臉帶著笑容而已，終於老媽開口說：

「那我女兒就請您多多照顧了。」接著，老爸才慌慌張張地邊點著頭邊笑嘻嘻地說：「請！請！請！」

什麼「請！請！」，這簡直就像大拍賣似地在嫁女兒嘛，我邊暗地裡不說邊夾起生魚片沾上醬油，並在心中向這位未來的老公說：「這麼一位平凡女子的老爸，請多多指教！」一會兒之後，忽然從樓梯附近傳來一陣奇怪的騷動，原來是奶奶好像從沼澤裡爬出來似的，慢慢地從樓下爬上來。昏暗的樓梯，慢吞吞又駝背的白髮老婆婆爬上來的樣子，還真像是作惡夢似的。

奶奶爬上來之後，對著他說：「麻煩您從大老遠的地方來到這裡，辛苦您了！以後我孫子請您多多照顧。」之後，她用著爬上來的同樣姿勢，又慢吞吞地爬下樓去，就好像『棲息在沼澤中的千年老龜，化成老婆婆向人類宣告似的』，一陣奇妙的氣氛籠罩在空氣中。

總之正如我所料，老爸令人洩氣的樣子，也使得我對接下來的事情愈來愈不安。通常結婚儀式時，新郎的父親必須很辛苦地一一介紹家族的人給我認識，而身為新娘的父親也必須這麼做。

我帶著心中的不安和他回到東京。

數天後，到他家的日子來臨，這次是輪到我緊張了。要到他家拜訪的前一天還是我的截稿日，所以衣服也沒辦法準備，最後只好打扮成一副和電視劇中出現的『有教養的女性』完全扯不上關係的樣子。「啊～～早知道上星期就去把衣服、鞋子都買好……。」我邊後悔邊在汽車搖搖晃晃中到達他家。

他家人很熱情地招呼著我，像我家中老爸那麼擔心的感覺一點也沒有。我坐在他小時候死賴著父母幫他買的搖椅上，嘴巴邊說著：「這還真是舒服！」邊興高采烈地搖晃著，結果搖得太得意終於翻了過去。

「啊～要跌倒了！」我心中響起警訊，就在跌倒前的數秒間，好像全體的人都暫停了。我和所有在場的人，在瞬間都覺悟到沒法救了，接著我的頭受到重重的一擊。

大家都嚇了一大跳地跑過來問我：「有沒有關係？」我頭冒金星地回答：「沒關係……對不起……那有關谷湯尼的事……」我其實是在說湯尼谷（註）的事情，看來我自己也是一片混亂。不過，他們一家人對我頭上的敲擊是愈來愈不安了。

接著，我到廁所時又摔了一跤，上完廁所回來時又是一跤，總共是跌了三跤，那一次真的是讓他們一家人操了許多心，而我就把他們的操心留在那裡回到東京來了。

在季節的替換中，婚禮的日子終於來臨。

我和他來到禮堂，兩家的人全到齊等著我們。我們立刻被叫到休息室，刻不容緩地換上禮服。

開始在化妝室化妝，一層層白粉撲在我的臉上，等到我像變成一位帶著假面具的『小丑』時，又被套上假髮，瞬時，又像是位溫泉鄉的女藝妓。

變成溫泉鄉女藝妓的我，才想著「這樣真的好看嗎？」時，就被擁進會場了。我好像是被狐狸騙的人似的。

不知道會不會在這一刻中，自己突然覺醒過來，原來這一切都在演戲，只是我生命中的一個玩笑罷了。

當我沉溺於幻想時，儀式在陽光照著的神社中順利舉辦完成。神棚前的舞台上，戴著面具的藝人正跳著我從未看過的舞踏，笛子、太鼓齊鳴。如果我是老外的話，或許會興奮地大聲叫喊著：「好啊！好啊！」

儀式結束後，親族再一同返回休息室，終於，向彼此的親族介紹家族的時刻來臨，而這也是最令我覺得恐怖的時刻。到底我父親是否能夠順利地將親族介紹給大家呢……？不、不可能的，他不可能作到的……。我的不安在蒙頭絹（註）下，宛如颱風強烈地肆虐著。

全員到齊後，不一會兒，便開始親族介紹。首先，由男方父親開始，「我是新郎的父親……」對方的老爸真是大方得體。

他逐一將親族們一一介紹，我心裡只有乾羨慕的份，而終於輪到我家老爸了。媽媽和姊姊都用著僵硬的表情望著爸爸，老爸站著張開嘴巴俐落地說：「我是新娘櫻　寬……」（喂！喂！你不是新娘吧？）在場的人，全都鴉雀無聲地回想他說的這句話，我和媽媽及姊姊早就嚇得蒼惶失色。如果可以的話，現在的我眞希望自己的腦袋能和老爸的腦袋瞬間調換。才說是『新娘』這兩個字後，他接著又笑瞇瞇地開始介紹親族的人。但是，到自己的老婆和長女之前還算可以，一到了介紹親戚時，好像斷了線的風箏似的，名字他全忘了。

「這位是伯父……」指著伯父之後就沒有下文的老爸，一動也不動的，於是親戚們只好自己報上名來。老爸就像一架機器人似的，很有規律地伸出手指又縮回地介紹著：「這位是嬸嬸」、「這位是堂哥」。他伸出手的姿勢，就像是『八代亞紀』（註）在唱『雨啊……下吧！下吧！盡情地下吧！』時，宛如時鐘擺動的姿勢一樣。我羞愧地快要腦沖血，似乎連自己的腦袋也搖晃起來。在我遙遠的意識中，突然有種『啊～原來，爸爸是八代亞紀，我可能是在參加來電五十的節目吧！』的感覺湧現上來。

如坐針氈的親族介紹時刻過去，宴會的時刻終於來臨了。我想老爸應該不會再有什麼機會作出丟臉的事了吧？我心中鬆了一口氣地朝會場走去。

會場中，好友、恩師全到齊了，我也第一次體會到『快樂』的感受。

宴會的過程中，我們就只是坐著而已，我想穿著禮服的我是世界上最呆的樣子，而且這妝扮也很怪異。這副德性根本不是我嘛，好像是我的分身！不是真正的我……，就在我努力對自己這副樣子抑鬱不樂時，到了對父母贈花儀式的時間。

我手捧鮮花來到爸、媽面前。對方的母親正哭著，而我母親則是一副快哭的樣子。但是，媽媽在數天前曾經說過：「我啊，和當初妳自己一個人要到東京來時的心情比較之下，妳要嫁給正隆（我們家老公的名字）我是安心多了，所以我可是一點都不難過。」所以她才沒有流下淚來。而我老爸呢，在我要來東京時則嘻皮笑臉地說：「什麼東京嘛！哪有多遠，新幹線一坐不是馬上就到了，一下子就可以見到面的嘛。」那時候他都這麼說了，現在他哪有可能哭嘛。我心裡想著，反正他一定又是一副嘻皮笑臉的樣子，便偷偷地看了他一眼。

出乎意料之外，他的表情相當微妙。心裡才想著，原來我這位老爸也會有這麼微妙的表情啊，這時候，我竟看到了父親臉頰上的淚光。那不可能是流汗的，別的人或許看不到，但只有從我這個角度可以看到老爸臉上的淚光。

到東京去的我仍然是他的女兒，不管走得多麼遠的女兒總是女兒。但是，現在不論離多麼近只要一結了婚改姓了，就不再只是自己的女兒了。

我故意將自己的身體偷偷挪開一點，不讓老爸的臉印在我的眼前，並為了不讓自己的淚水流下而深呼吸。當我將低著的頭再次抬起來時，看見爸爸又用著他那笑嘻嘻的表情，目送著客人一一離開會場。

註釋

湯尼谷：演藝人員。

蒙頭絹：日本女性結婚時戴的白色絹蓋。

八代亞紀：日本聞名的女歌星。唱歌時的招牌動作是雙手固定抱在胸前晃動。當時相當流行，也是大家模倣的話題動作。

雜談

在這本書中所登載的事情，不論是雜談、還是我自己的想像，我想都需要有所解說。所以，麻煩請讀者再看下去。

一、「神奇的香港腳治療」——

真的，為什麼當時我會感染香港腳呢？而怎麼又痊癒了？直到現在，我還是對我的左腳很懷疑。

有香港腳困擾的人，請務必試試我的方式。將茶葉渣放到絲襪內（我覺得初泡的茶葉渣比較有效），穿上後再將茶葉包在患部上面，睡一晚即可。這樣的方式只要連續一個星期，就有神奇的效果出現——痊癒了！香港腳的種類很多，或許對有些人會無效，但這種方法反正也花不了什麼錢，所以試試也不會有什麼損失吧!?我一直在想，或許菜的葉子可能也很有效，但這可是沒什麼根據的。

二、「通往極樂之道」——

最近，健身房相當受歡迎，不論老的、年輕的似乎都參上一腳，和以前比較之下是混亂了些，所以我最近也較少去了。以前我經常和吉本芭娜娜（註）一起去，但最近我們都乖乖地待在家裡玩。吉本小姐也會帶小餃子之類的東西來家裡，所以不到外面亂跑也不錯。現在，我們倆個經過思考了『到底什麼才是對健康好的事呢？』這課題之後，總算在『氣功』上塵埃落定。有關氣功的練習是由系井重里先生指導，所以我們算是拜在系井先生的門下，請他教我們各種技巧。系井先生好像是魔術師般地將我的肩膀僵硬治好，而他果斷地說著這種能力誰都辦得到時的樣子，彷彿頭上散發了一圈光圈。真的是一位好出色的廣告人。

三、「五味雜陳健康食品」——

我在健康食品店打工的那段日子，到底在搞什麼呢？我是一個很不會作生意的人（儘管我娘家是開蔬果店的），但經常客人問我「有效嗎？」時，我都是回答：「嗯……有效還是沒效呢……我也不太清楚……。」不知道的事情就是不知道嘛，我就是作不到假裝一副很懂的樣子來作生意。對於『有效』的高評價產品皇室果凍等等，我也是極力推薦，但是，還是感覺到自己在賣連我自己都搞不清楚的海藻精華抽取物等等之類的東西是一種罪惡，而且，還貴得離譜呢！

最近，飲尿療法也相當風行，或許可以從這開始來實行。我自己是曾挑戰過一次，但是想想如果每天都要作這種事，我倒不如死了算了，所以二話不說喝一次就不幹了。

四、「黎明前的呢喃」——

『睡眠學習機』的命運到底怎麼樣呢？它現在仍躺在我娘家的櫃子裡。我想由當時到處可以看到『睡眠學習機』的廣告，而現在連個影子都沒有，就可以知道答案了。那種商品應該已經中止生產了吧？如果是這樣的話，那機器可算是七十年代中期到八十年代中期的重要遺產了。這也不再是有用或是無用的問題了，我要說的是這真的是人類思考出愚蠢的一小步，卻花了我三萬八千日圓。

五、「童話老翁」——

接著是有關童話老翁的事。這篇文章在《青春和讀書》中連載時，我曾收到讀者寄到編輯部的幾封信中提到：「桃子小姐竟然把家人寫成這樣，太過份了！我不想再看妳的文章了。」是嗎？不想再看我的文章了嗎？我的想法是，那也沒辦法。我想以後我恐怕還會再寫出那些人不想看的東西來，所以，早晚有一天他們不想看我的日子也會來臨吧！

因爲，我沒有將自己的感想或周遭發生的一些愚蠢事情美化的技術，所以，有人討厭我也沒有辦法，反正喜歡的人，我會感謝他們的。

爺爺對我、姊姊和媽媽一點感情也沒有是個不爭的事實，所以，相對的我對他也不會有什麼感情。這種事情，在不是小家庭的家庭中是常有的，我的朋友當中，也有許多自己或自己的母親被自己的爺爺或奶奶欺負而討厭他們的例子。人和人之間不可能只因為是

『家人』或是『有血綠』的關係而連愛都會自動成立，相反地，反而可能因為有血緣關係而造成了許許多多繁雜的瑣事。

我和人之間的交往，會以和對方接觸的事物帶給自己什麼樣的感覺，來決定自己喜歡對方或討厭對方，而不會以是否有血緣關係來決定。我愛我的父母，我也愛我的姊姊；這是在血緣之前的基本感覺，接著再轉移到愛的感情上。當然，父母早已在生出的小孩身上灌注了愛，而且那是超越了喜歡和討厭的，而我就是在這樣的感覺中成長的，所以我對我的父母們，從來沒有喜歡或討厭等等的感覺。因此，摒除了『家人』或『血緣關係』等前提之後，有時候我會以我個人的想法和方向性，來看喜歡或討厭的這件事情。

有時，有的人會『討厭父親』或『討厭母親』，但我想這也是非常有可能的。自己的人生只有自己懂，個人的想法是他人沒有辦法來介入的。

話題再轉回到我爺爺身上。即使我不喜歡我的爺爺，但是我卻喜歡在我畫的漫畫中出現的爺爺。有人說《小丸子》這漫畫是屬於陳述式的漫畫，但它也不全是事實，這件事我以前就曾經提過。《小丸子》中有『虛構』的人物登場，有自己的感想、有事件的扭曲，而且包括了故事的虛構情節等等。

聯結了這些回憶組合而成，所以也包括我實際的體驗來構成了這個『故事』（應該是這樣吧！……）。所以，我想在《小丸子》中出現的爺爺，疼愛小丸子的爺爺，是摻雜了我的憧憬和理想，以及對小丸子的想像吧！

反正呢！這就是我在「童話老翁」中所陳述的葬禮過程。

六、「面對恐怖」——

這世界上經常會有恐怖的事情發生。我對事故發生的現場等，有著極度的恐懼感，所以對大家湊熱鬧的事故現場，我都儘量避免靠近。但是，來到東京之後，我曾經有過三、四次『差一點點』的危機發生，這也讓我再度感受到都會的恐怖。

經常在電視劇中出現，一些年老的人說著「東京真是恐怖啊！」口中邊唸頌著「阿彌陀佛！阿彌陀佛！」的畫面，但是那實在不是什麼太誇張的表現。話說回來，東京是很方便的，也有很多很適合的事情，所以直到今天，我仍然在不安定的棋盤上生活著。

七、「變成猴子的那一天」——

結果，被醫生告知「腸子上可能有東西」的我的腸子，到底怎麼樣了呢？

最近我的右下腹總覺得有點痛痛的，「難道是!?……」嚇得我驚慌失措地連癌的檢驗都作了。即使連醫生對我說「沒什麼！」，我都懷疑「那個醫生會不會誤診了？」更是十分誇張地對著老公和好友說：「我可能就快死了！」還流了不少冤枉淚。

結果，我的腹痛是由腰部傳來的。根據調查，我的背骨姿勢很差，所以造成很多地方歪扭，理所當然就造成腰痛；腰部的神經影響到腹部，所以腹部就跟著一起痛了起來。

癌檢驗的報告結果，最後寂寞地被擱在桌子上。再也沒有人會為我擔心了。

八、「無意義的合宿」——

我很不擅長團體行動，合宿更不必提了，連學校的旅行我都覺得麻煩而很不能忍受。旅行或許是件很快樂的事，但如果和家人那種輕鬆的感覺相較之下，那可就差多了。

我絕對不想再回到學生時代。生活在統一化的『學校』這個組織中的時光，真是非常痛苦。在學生生活中，我經常會有『生活就這麼一回事吧？』的想法，但對這麼一回事的生活，當我一踏入社會後，現在我才心痛當時真的有太多沒有意義的壓抑了。

不只是學校，在社會中就有某些事情要壓抑——被要求要這麼作時，也只能這麼去作。即使是百般不願意，也無可奈何，所以，我現在就是在過著不需要就這麼一回事的日子。

有些學生不敢吃學校供應的午餐，放學後在走廊上邊哭邊吃著。學校供應的午餐中有自己不喜歡吃的菜時，為什麼非吃不可呢？老師為什麼要生氣呢？大人不吃自己討厭的東西，不也是活得好好的嗎？小孩子當然也會有喜歡或不喜歡吃的東西嘛，只要一長大成人，不喜歡吃的東西或許會變得好吃了。為什麼一定非要強迫在小孩子時非吃不可呢？

有些老師會冷笑地監視著邊哭邊吃著食物的學生，像這種愚蠢無聊的打壓行為，在學校的組織中經常發生。也有些老師會體罰遲到或忘了帶東西的學生，難道遲到和忘了帶東西，是需要去體罰學生而留下讓他一輩子忘不了的壞事嗎？如果我現在還在上學，卻因為遲到或忘了帶東西而讓老師體罰的話，我一定拒絕上學。

九、「少女愚蠢的戀情」——

真的，只要一想起當時的我，就會覺得好丟臉。這就是思春期吧！從小，我經常為了自己常幻想的怪癖，而被老師或父母提醒：「發什麼呆啊！」但是，思春期的幻想癖更是誇張。

前面的文章中提到過，像『和他約會篇』中似的幻想，更是有各種的模式，其中尤其以『千金小姐兜風篇』更是無聊至極。

這種幻想，有時會有和實際行動同時進行的罕見模式。首先，閒著沒事和老爸一起坐上車子，總之，坐上車子裡是一個關鍵。坐在司機席旁的我，心中也完全沈醉在自己是千金大小姐的角色了，而老爸呢，就是幫我開車的司機。

車子一啟動的當時，我就望著窗外，窗外則是幻想中的倫敦或巴黎，而坐著的車子則變成勞士萊斯。

千金大小姐的勞士萊斯，在倫敦或巴黎的街道奔馳著，途中如果經過河川的話，那當然就是塞納河。

接下來，千金大小姐要到高級精品店購物。真的是好愉快的事情啊！……。

我沉醉地坐在裡面的車子，是輛老爸駕駛的老爺車，它緩緩地穿越清水鎮的街頭，到達目的地的魚批發店。老爸因為附近的魚店家休息，所以特別開車跑到這裡來。這裡不是倫敦是清水；不是精品店是賣魚的攤販；不是勞士萊斯是老爺車；不是塞納河是巴川；駕駛座坐的不是司機是我老爸……種種的現實呈現眼前，我的『千金小姐兜風篇』也得落幕了……。

十、「**宴會用女人**」——

當ＯＬ真的很辛苦，當然男士上班族也是很辛苦的。上班族要如何將事情處理得恰到好處，是很不容易的。擅長做這種事的人也就罷了，萬一比較糊塗的人可就不得了，尤其是怕麻煩的人就苦了，只要一不留神，對怕麻煩的人而言就如同地獄一般。以我爲例，那真的像是地獄，不是上帝或神明可以救得了我的，對我來說，連寫信封上的收信人資料都極度困難。

看到許多人都能扮演好普通ＯＬ或上班族，覺得他們真是厲害。可以很俐落地處理工作的人，真是帥啊！

十一、「**沒有意義的話題**」——

偶爾，有些人會作出一些自己都莫名其妙的行為來。像前一陣子，我就曾在街上看到一位老兄戴著安全帽在路上走著，他還走了好長一段路，就這麼一直戴著安全帽。

我自己本身也有一些意圖不明的習慣，像『上下樓梯時一定要以右腳走最後一格』。這個習慣已經有二十年，雖然持續了二十年，但完全沒有什麼意圖。今天我也嘗試了一邊調整自己的步伐一邊爬樓梯，讓自己正好以右腳走完最後一格。

十二、「金鐘兒計算方式」——

我從小就非常喜歡小動物，更有飼養各種動物的經驗。狗啦、貓啦就不必提了，那時候更曾在曬衣場養錦魚的幼苗、期待自己養的小雞能生出蛋來等等，還有一段時期則全力投注在十姊妹的繁殖上。

我對昆蟲也異常得喜愛，我記得自己在這當中尤其對金鐘兒的記憶最深刻。小時候，我曾養過九次這種小昆蟲，並且讓它們繁殖，但日子久了要是膩了，就讓它們飛回原野中。過不了兩、三年之後，又會開始很懷念它們，而我總是有方法可以得到它們，又開始養了。就這樣反反覆覆好幾次。

前面的短文中提到的那兩千隻金鐘兒，也是不久之後，我和爸爸把它們放回大自然中。這也是我的標準模式。

養在水槽中的金鐘兒們，要不了一會兒功夫全在草叢中消失了，老爸和我則嘴吧邊喃喃地唸著：「就這樣囉！」邊踏上歸途。

那塊草原上，今年也繁殖了不少曾在我家待過的金鐘兒的子孫後代吧？……

再次看到茄子時，我就想說那該不會是那兩千隻金鐘兒的影子吧！

十三、「沒有底的澡池」

最近已經很少去澡堂了，連帶也很少前往健身房，所以只要不和朋友碰面沒有特別事情時，我甚至連澡都不用洗了。我看，單身生活的男學生可能都比我乾淨。對於當初很認真地四處找澡堂的日子真的很懷念。

那家沒有底的澡堂，之後我就再也沒有去過，但我又在別的澡堂中碰到令人意想不到的事情。

這是三年多前的事，晚上十二點多，我心血來潮決定到澡堂泡泡澡。即將打烊前的澡堂，多少都有點混亂，因為大家都知道再過三十分鐘澡堂就必須關門。
我慢吞吞地洗著身子，淅瀝嘩啦地洗著頭時，客人一個個離開，最後就剩下我和一位老太太。
不久後關門的時間到了，我心裡才在想著「該走了！」時，突然一位穿著泳褲的男子出現。
我嚇得腳都軟了，雖然頭髮上還殘留著洗髮精的泡泡，但我連爬帶滾地跑出洗澡的地方，趕快穿褲子。
那位穿泳褲的男子到底在幹什麼啊？我邊穿衣服邊偷看著在洗澡堂中的他。
泳褲男子手拿清潔用具，開始擦起澡堂內的磁磚。剛剛那位老太太則一副若無其事的樣子，仍在那男子的旁邊繼續地洗。

突然，那名泳褲男子不知想到什麼似的，跳到大澡池中。他不是要去拉掉澡池中的水栓，只是用著他那濕答答的身體，帶著恍惚的表情望著天花板。

我覺得非常恐怖地死命跑回到家中。搞什麼啊！即使說是已經到了要打烊的時間了，讓一個穿著泳褲的男人到女用澡堂中好嗎？第一，我們可是光溜溜的身體呢，他卻穿著泳褲，這未免也太奸詐了吧！……但是，如果他什麼都沒穿的話，那問題可更大了。……我的腦海裡只想著穿泳褲的那位男子。夠了，我希望自己儘快把那位穿條紋泳褲男子的事忘掉。

十四、「有錢的朋友」——

水谷豐先生到住在附近的朋友家拜訪，真的是件令我震驚的事。另外，在『熱中時代』（註）中出現的水野老師也來了，到清水來……而且還是到我那位朋友的家……。

水谷豐先生是一位笑起來和藹可親的人，不多話，但言談之中都能感覺到他的誠懇，我對他的印象相當好。我想，這也是我大部份都很無趣的青春時代回憶中，開出的一朵小小花吧！

十五、「週刊雜誌的臭屁」——

平成二年（西元一九九〇年），這副德性的我，竟也被各種週刊雜誌爭相報導，真是難得。

我對接受採訪不太喜歡，依情況的不同而不同，但嫌麻煩的因素差不多佔了百分之八十，而另外百分之二十的理由是：我想說的，是不能正確地傳達給讀者。

在訪問中說話的抑揚頓挫以及氣氛，都不可能在文字中表現出來，有時候一點點不一樣的語尾會帶給別人不同的感覺，而且，有時花了兩個小時說的話，會因為雜誌版面的關係受到大量的削減，連自己都搞不清到底自己想要說什麼了，而這點也是我在意的。

如果是自己寫出來的東西就由自己來負責，但是說出來的話必須透過別人寫出來，就很難負責任了。就如同在這篇短文中我寫的，我既沒有接受採訪，而且連自己都不知道的事被那麼寫著，還真是搞不清楚自己到底算什麼？

另外，還有我和經紀公司的糾紛啦、我已經沒有故事題材等等之類的，都會被刊載在雜誌上。

總之，什麼都無所謂了。有關我的事情，如果要我現在說的話，我只能說我現在腰很痛而已。

十六、「我要結婚了」——

聽說，有一天有人對媽媽說：「你們家的女兒給人家了啊!?」媽媽一聽嚇了一跳地回他：「什麼給不給人家，我女兒又不是東西可以給來給去的，她只是想去去別人家而已。」

我不打算被當作父母的所有物來生存，我想我的父母也從來沒有過這種想法吧！

我和姊姊對我的父母而言，只是來到他們的肚子裡，和他們一起歡笑、一起悲傷的好夥伴而已。

爸爸他沒有改變過自己姓氏的經驗，所以對我的出嫁或許感覺會強烈了些吧！

改變姓氏其實也沒什麼大不了的事。你看水，不是也會蒸發昇空，凝固之後就變成了雪又掉到地面上了。這道理是相同的。我也是想若結婚嫁到別人家以後，就要改了稱呼的。

雪溶了之後又會變成水，如果可以的話，我眞希望自己是萬年雪。

註釋

吉本芭娜娜：暢銷女作家，有多部作品改編為電影。

『熱中時代』：電視劇名。

後記

從集英社文藝出版社的橫山先生要我試試看寫短篇文章，在小說季刊《小說子》上開始動筆之後已經三年了。一開始時，我毫無責任意識地宣稱：「只要不妨礙畫漫畫的話，可以寫的時候我就寫。」但是結果是一個字也沒寫，橫山先生在無計可施之下就說，那就在《青春和讀書》的月刊雜誌上連載吧！有截稿日期的話，就非寫不可了吧？累積夠了文章後再出書。我不記得是否有回答，也不知道哪一天開始曾在《小說子》編輯長的橫山先生面前，說過「好」或「不好」。總之，第二個月就開始連載了。

連載約持續一年。這當中，我的許多工作也著手進行，然而胃痛開始後，我是有心工作但體力卻不足，所以決定放棄幾項工作，其中也包括了《青春和讀書》中的連載。我突然宣告退隱，使我的責任編輯櫻木先生和之前提到的橫山先生不知流下了多少眼淚。在萬分惋惜和不甘願之下，他們帶著我到銀座的高級日本料理亭（真的是頗浪費的事）。在第二間酒吧中，我們又展開了『隨興演歌、舞蹈大會』，而橫山先生更拿出自己的扇子跳起舞來了。

不久，也不知道他哪時曾提過的，連載之後要集結成書一事，也奇蹟式地實現了，所以這本書就這麼誕生了。

真的很幸運由櫻木先生和橫山先生負責我的工作，這也是我深刻體驗到的感謝。照顧了我三年，終於第一本要完成了，對於這恐怖的長期計畫，我仍然期待我們今後也能長長久久的相處。

真的，謝謝你們！

一九九一年一月　櫻　桃子

精彩預告

猴子馬戲團

桃子手記2

作者◎櫻　桃子

不管是一波多折的印度之旅，或是與保羅·麥卡尼的會面，櫻桃子以其一貫詼諧的筆調，生動地描述出周遊列國的趣事。這是一本繼『桃子罐頭』之後，保證趣味橫生的第二集，讀了絕對不會後悔！

預定九月上市
定價／新台幣200元

紅燒鯽魚

桃子手記3

作者◎櫻　桃子

本書內容包括看牙醫的極樂體驗及生活種種的瑣事，都是跟日常生活有關的故事，輕鬆逗趣，令人捧腹大笑。筆法更加洗練的散文第三集，同時還收錄櫻桃子與其姊小時候的精彩照片哦！

預定十月上市
定價／新台幣200元

桃子手記1

桃子罐頭

（原書名：もものかんづめ）

負責人／黃鎮隆
發行人／陳希芳
國際版權／許麗容・張雅慧
作者／櫻 桃子
譯者／銀花
企劃編輯／林慶昭
文字編輯／徐尉章
美術編輯／嚴鳳珠
劃撥帳號／05622663 尖端出版有限公司
●出版者／（台灣）尖端出版有限公司
新聞局登記版台業字第2680號
地址／（台灣）台北縣新店市復興路45號6F
電話／（02）2181582 ＦＡＸ／（02）2182046
●（香港）尖端出版有限公司
地址／香港 九龍 上海街682號 潤基商業大廈 15樓 C座
電話／8522-8894800
●台灣地區總經銷／農學股份有限公司（農學社）
地址／新店市寶橋路235巷6弄6號2樓
電話／（02）9178022 ＦＡＸ／（02）9156275
法律顧問／北辰著作權事務所 蕭雄淋律師
台北市大安區師大路86巷15號1F
國際通商法律事務所 楊鴻基律師
台北市敦化北路168號
製版／必優組版有限公司
印刷／科樂印刷事業股份有限公司
版次／1997年8月初版
定價／新台幣200元

國家圖書館出版品預行編目資料

桃子罐頭／櫻桃子作；銀花譯.—初版.—
臺北縣新店市：尖端，1997〔民86〕
面；　公分.—（桃子手記；1）
譯自：もものかんづめ
ISBN 957-10-1103-7（精裝）

861.6　　86007895